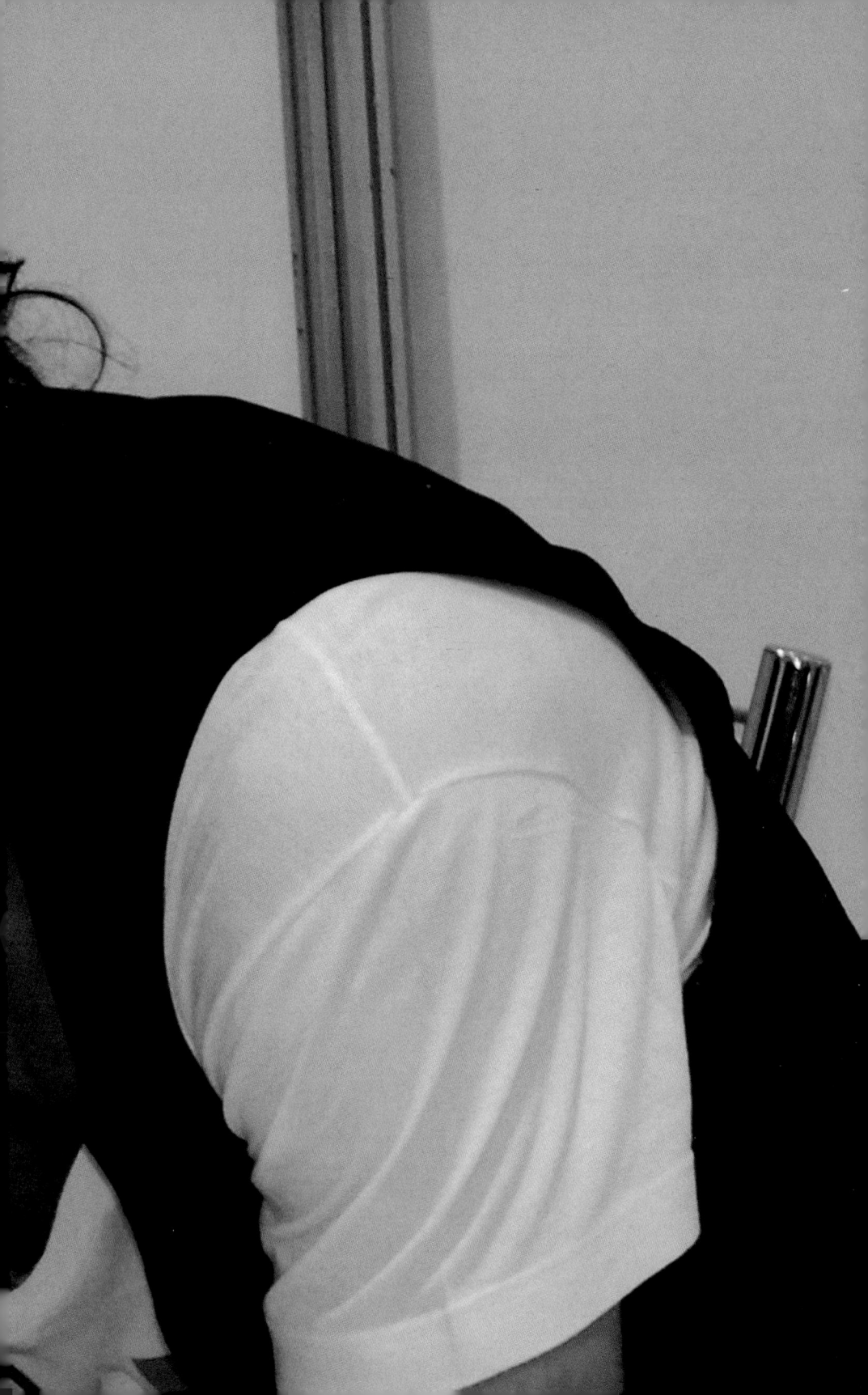

Diário do
FIUK

CreativeBooks

Oi, sou Fink!

25 de outubro de 1990 Foi nesse dia que nasci.

Sem segredos Filipe Kartalian Ayrosa Galvão.
Apelido Fiuk.
Nasci em São Paulo, São Paulo, Brasil, América do Sul e tudo o mais, ou seja, estou no planeta Terra.
Signo Escorpião.
Altura Bem, depende do ângulo...
Peso Quando estou cantando, tocando e compondo, sou leve, porque me sinto voando... Peso do corpo? Acho que uns 60 quilos...
Onde eu vivo Onde estiver!
Do que eu gosto Da vida.
Do que eu não gosto De mentira, de pessoas falsas.
O que me deixa muito mal-humorado Falta de educação e mau humor.
O que me faz sentir superbem Tocar minha carreira, cumprir minhas responsabilidades, pessoas bem-educadas e bem-humoradas.
Time BRASIL! Bem, não sou muito antenado em futebol, mas minha família toda é corintiana. Meu avô é corintiano de carteirinha e tudo, então já viu, né? Eu fico ali só "honrando"!
Frase que eu não curto mesmo "Ah, isso é impossível!" Não é não, com determinação e confiança a gente consegue muita coisa!
Frases que adoro ouvir "Eu te amo." "Valeu cara, cada dia que passa você está melhor!"
O que gosto de escutar As músicas das bandas que curto.
O que não gosto de ouvir Tem som que eu não ouço, mas ninguém precisa saber que eu não gosto.
Se eu não fosse cantor Não estaria no planeta Terra.
Hobby Tocar guitarra e bateria.
Cores preferidas Branco, preto... Todas as cores são demais!

Nesta foto, Krizia, eu e Tainá. Na página ao lado, fotos com minha mãe, meu pai e minhas irmãs, quando eu era bebê.

EU NASCI HÁ... BEM, NÃO FOI HÁ 2.000 ANOS...

Meu pai, Fábio Jr., fazia um megassucesso quando nasci, suas músicas românticas tocavam no rádio direto, ele estava em todo lugar! Cantava no programa do Chacrinha (um tipo muito louco, pergunte para a sua mãe que ela te conta!), fazia novelas, participou de um seriado, depois teve seu próprio programa na TV... As fãs iam aos programas de auditório tirar foto com ele, pedir autógrafo, as meninas choravam quando o viam no palco.

Fui o primeiro filho. Até eu nascer meu pai só tinha garotas: minhas irmãs Tainá, Krizia (que têm a mesma mãe que eu) e Cléo (do casamento do meu pai com a Glória Pires). Só em 2009 é que chegou o Záion, o caçulinha, que nasceu do casamento dele com a Mari Alexandre.

Minha vida era meio complicada quando eu era criança. Eu morria de saudades do meu pai, sentia falta. Ele fazia, sei lá, 150 shows por ano, a gente quase nunca se via. Essa vida longe de casa e da família deu no que deu, meus pais se separaram quando eu ainda era bem pequeno: o processo de separação começou quando eu tinha apenas um ano e meio e se estendeu até os meus dois anos e meio. Já garoto, eu via os meus amigos com o pai por perto, sempre presente, tipo paizão que se preocupa com tudo, e não entendia por que comigo era diferente. Nunca tive uma relação de pai e filho quando criança... Sabe aquela coisa do moleque querer aprender a tocar violão e o pai, que não toca quase nada, mesmo assim pega o violão e tenta passar o pouco que sabe? Quando via pai e filho andando de bicicleta, brincando na piscina, eu ficava olhando aquilo e me sentia triste... Meu pai estava sempre trabalhando, não tinha troca nenhuma de carinho. Eu tinha um pai, mas não tinha, porque só o via uma vez por mês, a cada dois meses. Claro que isso acontecia por causa da carreira dele, agora eu entendo. E hoje tenho uma relação linda com ele. Hoje meu pai é de ouro.

Quando eu tinha uns sete, oito anos, comecei a ter crises muito fortes de bronquite asmática. Era pela falta que sentia do meu pai. Então, durante o pouco tempo em que ficávamos juntos, eu o incluía em todas as minhas atividades: chamava meu pai para me ver brincando, queria estar perto, andar ao lado dele, o tempo todo. Teve uma cena que me marcou. Um dia, tive uma crise de bronquite e já estava dentro da ambulância, pronto pra ir pro hospital, quando

COLE, DESENHE, RABISQUE

Espaço para você colar fotos e recortes, anotar pensamentos e desejos...

meu pai chegou. Saí correndo na direção dele, até esqueci que estava com soro no braço e tudo. Quando me dei conta, já estava bem. Foi quando eu disse: "Pai, você é meu remédio". A bronquite asmática era de fundo emocional e, desde que fui morar com meu pai, nunca mais tive nenhuma crise.

Por ser famoso, era difícil para o meu pai sair, circular em lugares públicos. Então, como eu não saía muito com ele, comecei a ter um comportamento muito estranho: não conseguia ficar longe da minha mãe de jeito nenhum. Se precisava comprar uma roupa, chamava minha mãe, se precisava de um tênis, chamava minha mãe. "Mãe, você faz a lição comigo?", eu dizia. Quando ela me deixava na escola,

eu começava a chorar, corria atrás do carro, fugia da escola. Então, durante um tempo, minha mãe precisou ir à escola e ficar lá durante as primeiras aulas, para eu ver que ela estava perto, porque quando ela ia embora eu entrava em desespero. Isso era muito louco!

Eu me lembro de ser daquele tipo de moleque que não para quieto. E sempre fui muito mimado. Fui o que mais trabalho deu para a família, e ainda assim fui o mais mimado, engraçado isso. Ganhava presente demais. Nossa Senhora! Mas ganhava da minha mãe. Porque do meu pai, se não estudasse, não tinha conversa. Minha mãe era outra história, me dava tudo o que eu quisesse.

Numa época, eu devia ter uns oito ou nove anos, quis ter bichos de estimação. Aí tive de tudo: chinchila, coelho, peixe, cachorro, tartaruga, pássaros... Cheguei a ter quarenta pássaros em casa, em gaiolas enormes, e cuidava de tudo, limpava todas as gaiolas. E tinha uma calopsita, que eu adorava! Ela ia comigo pra cima e pra baixo, era demais!

Além dos bichos, o que mais eu quis?
Coisas de moleque: autorama, robôs, carrinho de controle remoto, videogame e... trator!

Eu queria muito um trator. Desde os dois anos eu ia para o sítio da família no interior de São Paulo. E adorava! Olha que doido: eu amava ir para o sítio e pilotar um trator. Minha mãe

COLE, DESENHE, RABISQUE

Espaço para você colar fotos e recortes, anotar pensamentos e desejos...

tinha de parar em construção de beira de estrada porque eu queria ver os tratores... Nossa, ela precisou ter muita paciência comigo por conta dessa minha mania. Quando fiquei maior, ela me levava a feiras de tratores em Ribeirão Preto, ligava para as empresas para pedir catálogos de trator... Eu adorava guardar as fotos, estudava a potência do motor, o que cada máquina fazia e o que não fazia...

> Até os dezoito anos fui o filho caçula do Fábio Jr. Na época, quando soube que meu pai teria mais um garoto, filho dele com a Mari Alexandre, confesso que fiquei com ciúme, mas depois passou.

Eu ia às concessionárias, dizia que meu pai queria comprar uma daquelas máquinas e ficava dirigindo um por um, testando. E trabalhava sem meu pai saber. Com uns doze anos de idade, pegava o trator escondido e ficava trabalhando com o caseiro. Fiz açude de cana com o cara. Arava terra pra caramba, trabalhava mesmo, tipo sete, oito horas por dia, parava para comer naquela panelinha amassada em cima do trator, a comida fria...

Sinto saudades daquele tempo. Além de sonhar em ser fazendeiro, eu queria ir ao sítio para ficar longe de tudo, para ser eu mesmo e não ouvir mais a pergunta: "Você é quem? Filho do Fábio Jr.? Ah, tá, filho do Fábio Jr.".

No sítio, eu fazia churrasco com todo mundo. Aprendi a ser gente ali.

Cresci com o caseiro, o Valdeci. Na época, Valdeci era meu segundo pai, porque nos finais de semana eu ia pra lá e ficava na casa dele. Ia com ele pra todos os lugares. Fui duas vezes a uma exposição de tratores com a galera toda: minha mãe, o Valdeci e o filho dele.

Nossa, eu adorava!

Nessa época de criança tive um amigo, o Edson.

Quando era moleque, minha mãe tentou que eu fizesse esportes. Fui fazer natação, não curti. Futebol também não curti muito, nem judô, nem tênis e nem nada. Fui fazer hipismo, não deu certo. Mas minha irmã Krizia era muito boa no hipismo, ganhou vários prêmios. Eu ia sempre com ela à hípica. Lá conheci o Edson. Ele devia ter uns seis anos e ajudava o pai, que trabalhava de jardineiro na hípica. Foi ele que me deu o apelido de Fiuk, porque não sabia falar direito o meu nome. Depois descobri que "Fiuk" soa parecido com a palavra "menino" em húngaro. Olha que louco!

O Edson foi meu melhor amigo até os quinze anos. Melhor amigo mesmo! Ele morava numa favela. Então, eu pedia pra minha mãe me deixar na hípica e depois fugia com o Edson para a favela. A casa dele era no meio do mato. A gente ficava lá brincando; pegava manga no pé, comia arroz e feijão numa panela toda amassada. Quando você é criança não tem maldade, então eu não pensava em medo ou nojo. Pra mim era tudo tranquilo, a família do Edson era gente boa pra caramba. O pai do Edson cuidava do jardim lá de casa, o Edson ia junto e a gente brincava. Minha mãe dizia pro pai dele: "Deixa o Edson aqui que eu cuido", e ele passava o fim de semana conosco.

Foi nesse tempo que conheci o mundo sem perceber. Vi como é morar em uma favela e morar em uma mansão. É tudo terra do mesmo jeito, todo mundo é gente do mesmo jeito. Então, nunca liguei pra diferenças sociais.

> Eu prezo não esquecer que todo mundo é gente, sabe?

NÃO DÁ MAIS
JÁ NÃO POSSO
NÃO CONSIGO ESCONDER
IMPOSSÍVEL CONTROLAR
MINHA VONTADE DE VOCÊ
É MAIOR QUE TUDO E TUDO BEM
ACREDITA EM MIM
JÁ MUDEI
E PROVEI QUE NÃO SOU MAIS
NEM SEI QUEM SOU
EU DUVIDO QUE ISSO TUDO
NÃO SEJA
AMOR!
MEU, AMOR
EU QUERO SABER
SE VOCÊ NÃO QUER ME BEIJAR
OLHA PRA MIM
DUVIDO VOCÊ NEGAR
QUE AGORA EU SOU
QUEM VOCÊ SEMPRE QUIS
TE VER ASSIM

LINDA TÃO LINDA
PRA MIM
LINDA TÃO LINDA
PRA MIM
É TUDO QUE EU SEMPRE QUIS

Linda, Tão Linda
Filipe Galvão (Fiuk)
Titto Valle

MINHA LIGAÇÃO COM MEUS PAIS

MEU PAI

Tenho uma ligação muito forte com meu pai porque somos muito parecidos, desde o signo, passando pela teimosia, até a escolha da carreira. E assumo: sou tão chorão quanto ele e não vejo nenhum problema nisso.

TENHO MUITO ORGULHO...

...de ter um pai como ele. Hoje entendo por que ele me cobrava tanto – ele sempre quis o melhor pra mim. Ele me cobrava principalmente nos estudos, quando ia mal na escola e tirava notas baixas. Com doze, treze anos, já montando minha bandinha, decidi que não podia mais ficar longe do meu pai. Fui pra casa dele com mala e tudo e disse: "Vim morar com você!". Nem lembro se eu o avisei antes. Acho que não, cheguei de repente. E a partir daí começamos a ter uma relação mais profunda de pai e filho. Ensinei ele a ser pai, uma coisa que ele não sabia. E aprendi com ele a ser filho, porque eu também não sabia direito o que é ser filho. Uma vez, acho que eu tinha uns treze anos, decidi fazer uma tatuagem. Avisei meu pai, e ele só falou o seguinte: "Você é quem sabe. Mas pense bem: você vai ter de passar o resto da vida com isso no seu corpo". Ele deu um toque, disse que no dia seguinte eu podia mudar de ideia e me arrepender. E não é que deu certo? O papo me convenceu e desisti de fazer a tatuagem.

Meu pai me ensinou muita coisa, dava dicas de tudo e sempre colocou na minha cabeça que eu precisava aprender a me virar. "Pai, me ajuda?" Ele respondia: "Não, vá caminhar com suas próprias pernas, vá ralar, vá ralar!". Hoje eu entendo como foi bom meu pai ter feito isso. Por outro lado, ele é meu braço direito. Sempre peço conselhos a ele, sobre como me portar no palco, em entrevistas e várias coisas. Ele tem uma baita experiência, tem muito pra ensinar... e eu aprendo com os erros dele. Vivo me policiando, e ele sempre me dizendo: "Coloca atenção, fica esperto, cara!".

MINHA MÃE

Sentia falta dela, mesmo ela estando presente. Eu tinha uma espécie de "abstinência" da minha mãe que era um absurdo. Como ela era pai e mãe ao mesmo tempo, eu me sentia desprotegido sempre que ela se afastava, achava que ia acontecer alguma coisa, sei lá.

ELA É MEU ANJO DA GUARDA

Sempre peço conselhos pra ela. Ela é superamiga, sensível! Sempre me passou valores como respeito, educação... Por mais que estivesse mal, ela sempre me ensinava a levantar a cabeça e seguir em frente, sempre... Absurdo! Ela é meu terceiro olho, meu anjo, cara!

LEMBRO UMA VEZ...

Quando ela me deu minha primeira guitarra. Nossa, essa história foi demais! Fiz aula de violão por dois anos e fiquei de saco cheio, quis parar. Mas minha mãe não deixou: ela tinha percebido que eu cantava nas aulas e gostava de cantar. Aí estudei mais cinco anos e pedi uma guitarra. Então, ela me levou numa loja e fiquei lá, cantando e tocando uma guitarra vermelha. Acho que os vendedores não suportavam mais... Minha mãe quis me fazer uma surpresa e comprou o instrumento sem eu saber. Na hora de ir embora, implorei pra ela comprar a guitarra, mas ela disse que não. Fiquei chateado: "Caramba, mãe, estudei violão esse tempão todo, fiz sua vontade e você nem pra compensar o meu sacrifício?". Imagina, eu era tonto demais... Na época era tão bobo que achava que cantar e tocar era um sacrifício, pode? Hoje não quero outra coisa senão tocar e cantar!

Voltando à história da loja: depois que minha mãe se recusou a comprar a guitarra, fui pedir ao vendedor que a reservasse pra mim. Tinha uma vaga esperança de que, quando meu pai voltasse de suas viagens, eu pudesse convencer o velho a ir comigo à loja e comprar o instrumento. Claro que ia ser difícil, porque ele queria que eu me dedicasse mais aos estudos em vez de ficar dedilhando melodias românticas e escrevendo letras de música. O pior é que ele tinha razão: minhas notas eram péssimas!

Mas o vendedor disse que não podia fazer o que eu pedia. Fiquei arrasado, não conseguia pensar em outra alternativa, senti que tudo estava perdido. Quando teria outra chance igual? Nenhuma das outras lojas de equipamentos musicais da Rua Teodoro Sampaio teria uma guitarra vermelha como aquela.

O que eu não sabia era que o vendedor estava combinado com minha mãe! Ela tinha pedido a ele que me respondesse daquele jeito! Quando me viu tão abalado, minha mãe não resistiu, chegou pertinho de mim e disse: "Não precisava ficar assim, a guitarra já é sua!". Aí eu, que sou chorão pra caramba que nem meu pai, não aguentei e abri o berreiro de emoção... E minha mãe chorou junto!

Meu pai é muito especial, mesmo. Imagine a emoção que eu senti quando recebi essa carta dele!

Fiuk,
Cara, muito mais do que filho de sangue, você é meu filho de alma. Fazemos parte da mesma estirpe espiritual! Você tem uma alma antiga...

Filho, como foi bacana vivermos juntos! Curtimos o clube do bolinha durante seis anos! Maravilha! Conversávamos muito, lembra? Quando você vinha e dizia: "Oh papito, papito! Oh pa..." eu só ficava no aguardo, mas já desconfiava: pronto, ele encontrou uma garota ou compôs alguma coisa e vem aí para me mostrar!

Quanto às mulheres, eu dizia: "Filhão, a mulher não é somente para ser entendida. Acima de tudo é para ser amada!" Lembrou?

Que cumplicidade! Muita!

Entendemos cada dia melhor, filhão, que foi difícil estarmos afastados quando você ainda era criança... Claro que eu sentia a sua falta! Mas hoje, mais do que nunca, você está sentindo quanta responsabilidade envolve a carreira artística. Hoje você está vivendo, o que eu vivi!

Somos parecidos, bem parecidos! Inclusive temos a mesma inquietude.

Quando eu o vejo batalhando e indo à luta, sinto um profundo orgulho.

Ao contrário do que você talvez tenha imaginado, quando eu insistia e brigava era sempre para o seu bem! Lembra como eu falava? Estude, garoto! Vá em frente!

Eu me preocupo com você! Cara, se cuida! Se alimente, estude, descanse... Eu estou de olho, eu cuido, pego no seu pé mesmo! Mas nós dois sabemos o quanto exige essa estrada que escolhemos, exige e exige muito!

Filhote, não beije a boca da ilusão! Cuidado com a perfumaria na carreira! Sucesso é uma coisa, carreira é outra! Essa é uma carreira solitária, na qual tudo tem um preço: o preço, por exemplo, de uma agenda comprometida, de não se ter tempo para fazer mais nada, de ter que abrir mão de algumas coisas. Por isso repito: tenha paciência e determinação!

Conselhos? Nós nos aconselhamos um ao outro.

Surpresas? Várias! A vida nos trouxe várias delas, mas uma é inesquecível: foi aquele dia em que você veio cantando "Pai" no Faustão.

Em relação ao meu tempo, a vida artística não mudou muito, mas talvez a dinâmica das pessoas à sua volta possa ter mudado. Por isso eu não canso de repetir: você nasceu com o dom e o talento. Percebo e confio na sua capacidade de administrar. Você sabe se cuidar, sabe ser profissional.

A coisa mais linda é ouvir as pessoas falando de você.

Sinto muita alegria por você existir! Você tem uma carreira linda! Sucesso!

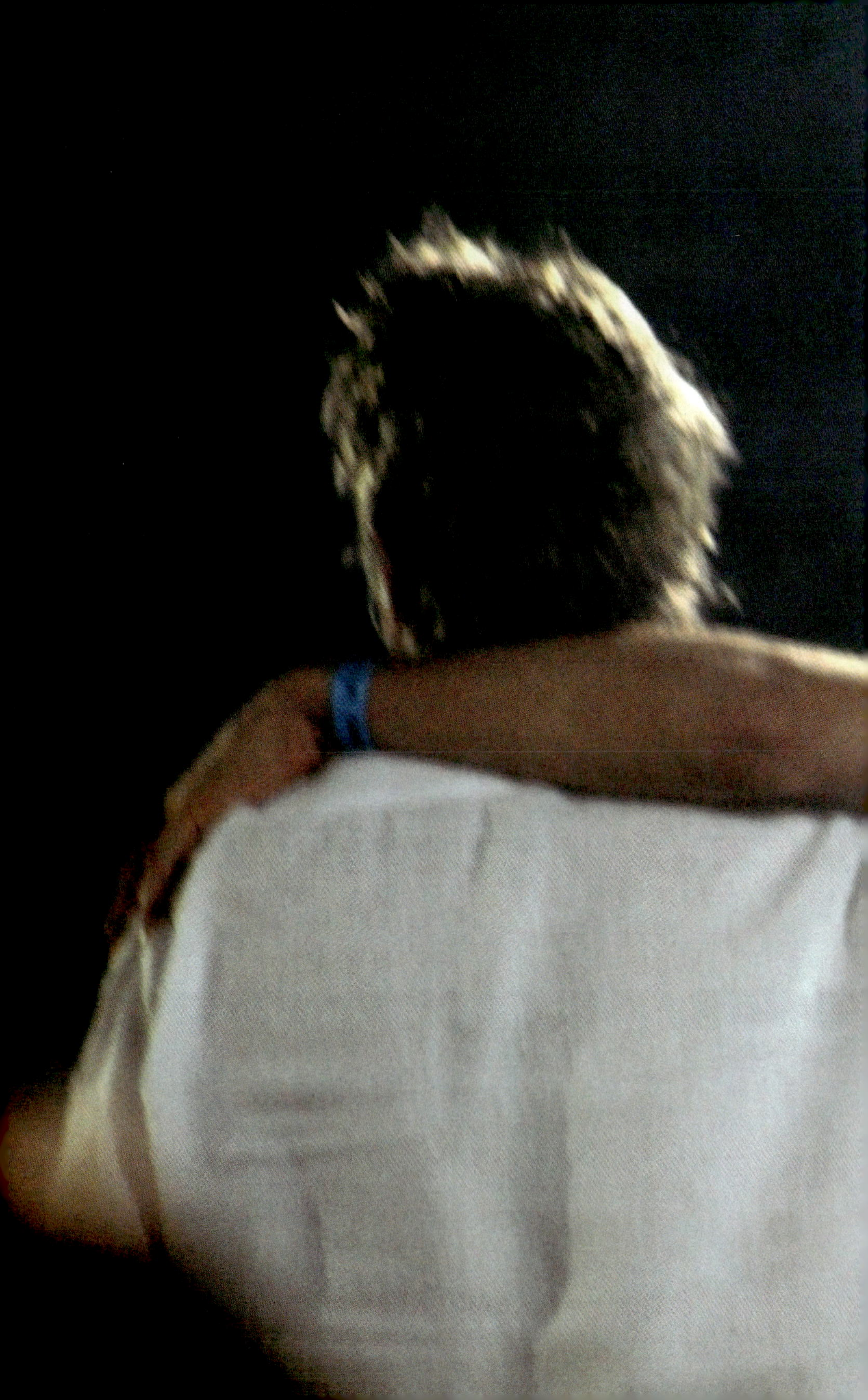

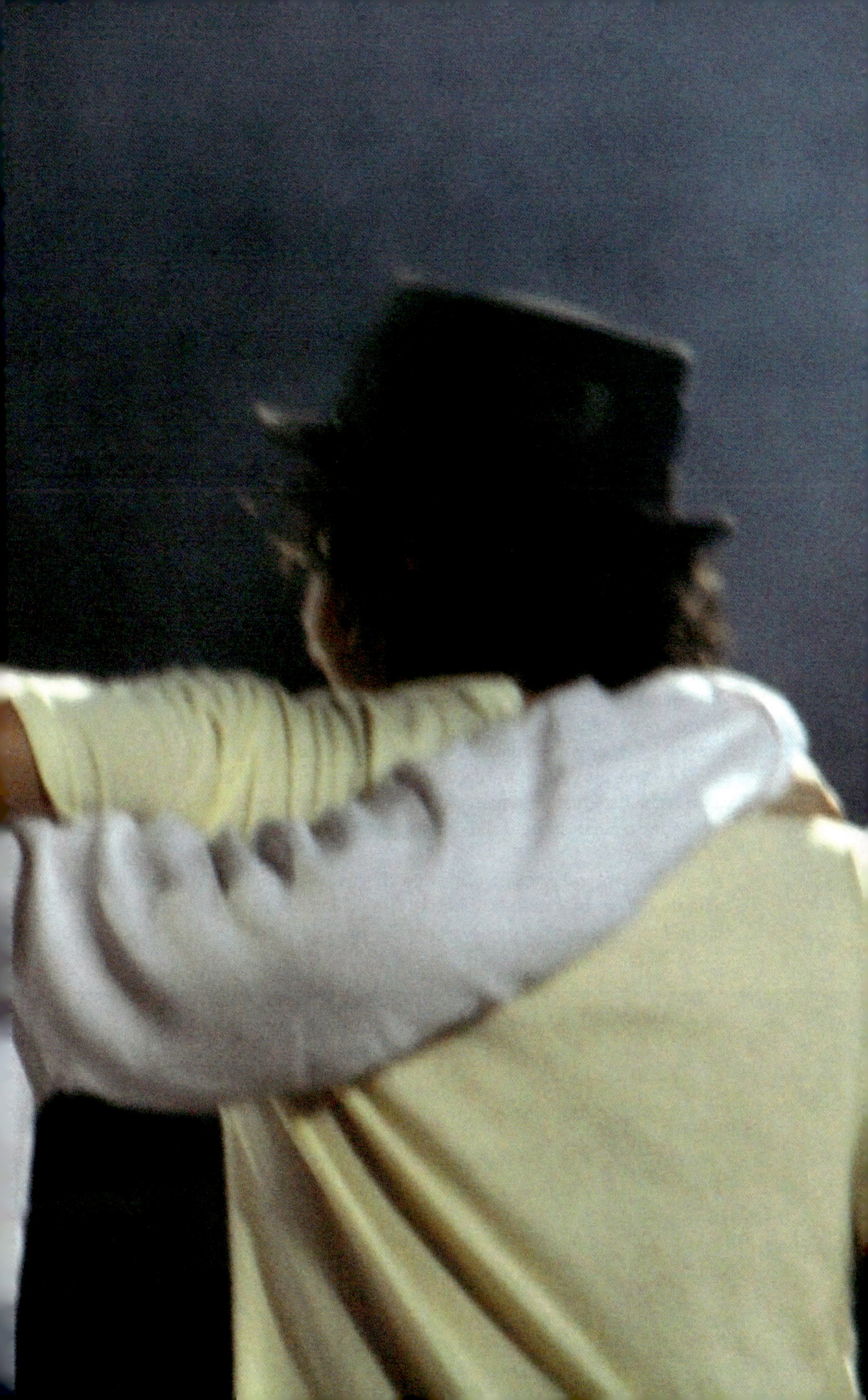

Pedi a minha mãe que contasse algo sobre mim, do tempo em que eu era menino. Aquelas coisas que só mãe lembra, sabe como é? E olha só que legal o que ela escreveu!

Tive lá meus desconfortos normais durante a gravidez. Que mulher grávida não passa por isso? Mas foi no momento da concepção que senti que viria alguém especial. Eu queria muito ter um menino. E ele veio! Ah, esse meu filho Filipe... Ele nasceu grandão, com 3 quilos e 200 gramas. Só depois que cresceu é que ficou magrinho assim! Ele recebeu a herança da magreza do Fábio...

Fiquei muito preocupada com a pneumonia que ele teve com três anos e meio. Deus, ele teve que ficar internado por alguns dias. Depois disso é que ele começou a sofrer de asma.

NOME DE PRÍNCIPE

Vou contar como o nome dele foi escolhido! A história é a seguinte: o nome da irmã mais velha, Tainá, quem escolheu foi o Fábio. Depois veio a do meio e escolhi Krizia, uma estilista inglesa de quem eu gostava muito. Como na época eu trabalhava com moda, decidi homenagear a mulher que me inspirava no trabalho. Quando fiquei grávida do terceiro filho, fui fazer o ultrassom para saber o sexo do bebê. Eu queria muito ter um filho homem, e ele veio: era menino!

Voltei correndo pra casa e, quando cheguei, minhas duas filhas estavam na cama do quarto de casal, assistindo *A Bela Adormecida*. Interrompi o desenho e contei que elas iam ter um irmãozinho, e que agora era a vez delas de esco-

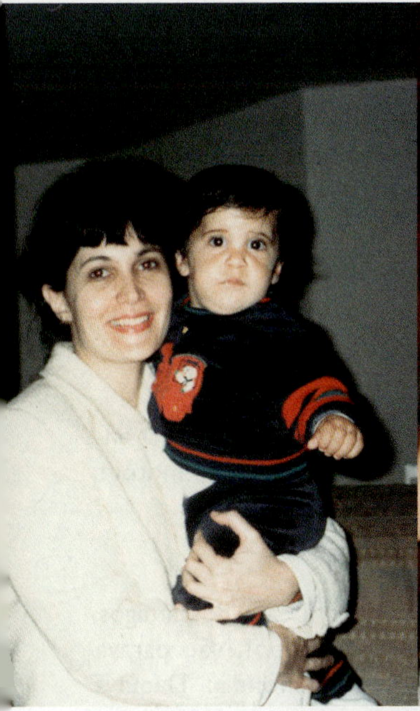

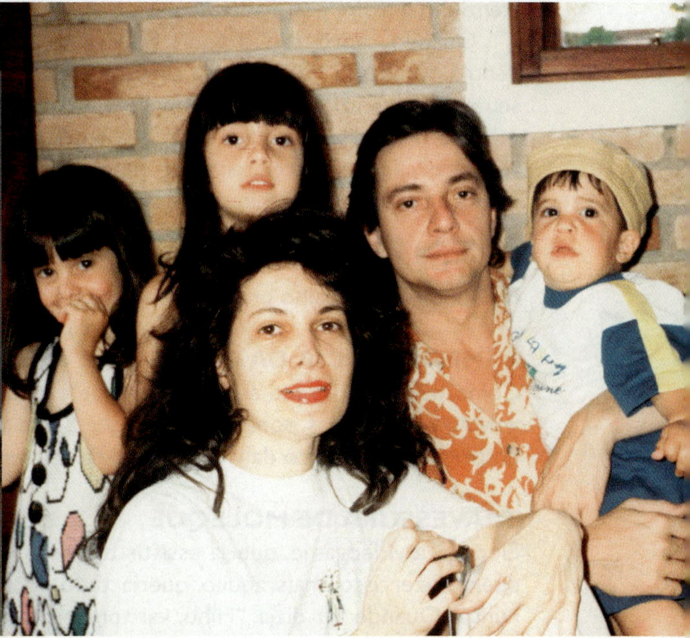

lherem um nome para o bebê. As duas não tiveram dúvida: "Filipe, Filipe! Igual ao príncipe da Bela Adormecida!". E não teve discussão. Quando Fábio chegou mais tarde, contei a ele, e sua reação foi: "Se elas escolheram, então vai ser Filipe!" E as duas: "Igual ao príncipe, igual ao príncipe!"

CRIATIVIDADE À TODA PROVA!
O Filipe sempre foi muito criativo, bastava ganhar um presente e a primeira coisa que fazia era desmontar tudo e montar de outra forma. Eu dava a maior bronca. Afinal, eram brinquedos novinhos, mas ele falava que ia montar outros. "Você vai ver", ele dizia, e montava as rodas de um carrinho num vagão de trenzinho e assim por diante.

Quando chovia e não podia brincar no quintal, Filipe trazia terra para dentro do quarto, colocava em cima da mesa e fazia pistas para brincar com seu trator. Eu fazia de conta que não via, dava um tempo para ele brincar à vontade e depois ia lá e lhe dava uma bronca: "Menino, olha que sujeira que você fez!". Sempre acreditei que é importante estimular a criatividade, desde que dentro de certos limites.

BOM DE GARFO
Ele nunca deu trabalho pra comer, ainda bem!

A IMPORTÂNCIA DA ARTE
Como mãe, sempre me esforcei para que ele estivesse de alguma forma envolvido com as artes, porque acredito que a arte ajuda a coordenação motora, desperta para o lúdico da vida e... influi na maneira de ver o mundo!

TRAVESSURA DE MOLEQUE
Ele jogava videogame, queria assistir televisão, queria ir à casa dos amigos, queria fazer isso, mais aquilo, queria tudo ao mesmo tempo! Não parava nunca! Quando eu dizia: "Filho, vai tomar banho", ele respondia: "Daqui a pouco eu vou, um minuto". Mas demorava para obedecer, porque achava que tomar banho era perda de tempo.

Um dia, ele ganhou um videogame novo e ficou encantado. Quando percebi que ele estava morrendo de vontade de testar o novo brinquedo, achei que finalmente tinha um trunfo na mão.

Fiz chantagem, sim, disse que ele não ia jogar enquanto não tomasse banho. Filipe entendeu que não tinha outro jeito e não teve dúvida: entrou no banheiro, ligou o chuveiro, esperou 5 minutos e saiu de cabelo molhado. Pensei comigo: "Mas que maravilha, esse menino tomou banho, afinal!" Quando fui ver, ele tinha apenas molhado os cabelos na pia do banheiro! O mais interessante: quando o questionei, ele me mostrou o que tinha feito e assumiu a responsabilidade. Rimos juntos. Em seguida, ele entrou no chuveiro e tomou banho de verdade.

HALLOWEEN
Só o Filipe mesmo... No Dia das Bruxas, saía fantasiado, junto com todos os amiguinhos e amiguinhas, batendo de porta em porta, com aquela famosa frase: "Travessuras ou gostosuras!". Divertiam-se muito.

FILIPE, O SUPER-HERÓI
Durante um tempo, Filipe curtiu muito Toy Story, depois começou a fase dos Power Rangers...

Num certa fase, ele andava vestido de Power Ranger e tinha duas fantasias, uma preta e uma vermelha. Enquanto uma estava sendo lavada, ele usava a outra. Quando houve um show dos Power Rangers no Ibirapuera, ele me atazanou tanto até que o levei. Ele adorava os uniformes, as lutas, as acrobacias.

Depois, ele cresceu um pouco e entrou na fase do Schwarzenegger: *O Exterminador do Futuro!* Schwarzenegger foi seu ídolo durante um tempo. A luta do bem contra o mal o fascinava: o cara bonzinho que ia salvar o mundo dos mais terríveis vilões, deste e de outros planetas.

E ninguém podia mexer com o Filipe! Era só implicar com ele, falar alguma coisa, e ele, esquentadinho como era, já encarava. Teve briga na escola, na quadra de futebol. Um dia, chegou da escola muito machucado e, quando perguntei o que tinha acontecido, ele contou: "O menino me xingou e eu não podia ficar quieto, né?". Isso me preocupava um pouco, e achei que estava chegando a hora de canalizar aquela energia que parecia inesgotável para atividades, digamos, mais saudáveis... Fui ensinando pra ele que havia outras saídas para resolver esses problemas, que conversando e colocando paz no coração a gente vai longe.

Foi por isso, pela minha preocupação de que ele começasse a andar por aí sem eu saber por onde ele andava e com quem estava, que insisti para que começasse a estudar música, para se ocupar.

Ele estudou alguns anos e mais tarde comprei sua primeira guitarra profissional, a tal guitarra vermelha...

SOLIDARIEDADE E AMIZADE
Desde pequeno, ele gostava de estar com os amigos. Eles se juntavam e montavam planos. Construíam cabanas com galhos de árvores e lá se divertiam muito, comendo seus lanches e bolos e discutindo "papos cabeça" como, por exemplo, defender a humanidade...

UM JEITO DIFERENTE DE OLHAR O MUNDO
Filipe sempre foi de reinventar as coisas.

Às vezes, ele ia comigo ao supermercado para me ajudar com as compras. Um dia, quis ficar andando atrás de mim, e perguntei: "Escuta, por que você vai ficar aí atrás?". Afinal, aquela atitude era altamente suspeita, em especial vindo de quem vinha. E ele: "Vai falando que eu vou colocando as coisas no carrinho pra você". Tudo bem, ele sempre foi muito prestativo e sempre procurou me ajudar, mas aquilo me soava estranho: por que ele fazia questão de andar atrás de mim, enquanto eu empurrava o carrinho?

Tudo bem, pensei. Afinal, o que ele podia aprontar num supermercado? Além do mais, não podia perder tempo com aquilo: a lista de compras era grande, e eu já estava atrasada. Concordei e fui recitando os produtos, e ele atrás de mim, correndo pelas prateleiras e enchendo o carrinho. Observando a cena, recriminei-me por suspeitar de meu anjinho. Ele estava só querendo agradar, como pude ser desconfiada assim?

Quando chegamos em casa, fui levar a roupa dele para lavar e, quando mexi nos bolsos da calça e da blusa, tirei de lá de dentro um bolinho de etiquetas de preços! Foi então que entendi o que meu filho pretendia: enquanto ia andando pelos corredores, ia também tirando as etiquetas de preços que estavam enfiadas naquela plaquinha e colocando-as no bolso.

Quando fui dizer a ele que não podia fazer isso, que as pessoas não iam saber os preços de nada, ele argumentou: "Já pensou, mãe, se ninguém soubesse os preços das coisas, o que é que ia acontecer?"

Como já disse, ele sempre foi de reinventar as coisas, de olhar o mundo de um jeito diferente.

UMA MENSAGEM PARA O MEU FILHO
Desejo que Filipe continue sempre reinventando tudo o que a vida lhe traz. Que mantenha esse olhar especial para as pessoas e para o mundo. Um dia, uma amiga me disse que parece que ele está aprendendo a linguagem que usamos aqui. Parece que a linguagem que Filipe tem dentro de si não combina ainda com a que existe no nosso planeta – por isso ele tem tanta coisa a dizer e ainda não consegue colocar tudo para fora.

Então, meu desejo é que ele encontre esse caminho, essa maneira de contar ao mundo tudo o que precisa contar! Tenho o maior orgulho do filho que tenho!

> *Filho, você é a coisa mais importante da minha vida! Conte comigo pra o que der e vier!*

Minhas irmãs Tainá e Krizia foram grandes parceiras de infância. E elas contam que eu aprontava muito quando moleque! Olha só o que elas dizem de mim.

A Tainá é superfalante, entregou todas as minhas artes!

O ESPELHO

É muito engraçado o que aconteceu em nossa vida... Por eu ser a irmã mais velha, o Filipe sempre se espelhou em mim. Ele achava que eu tinha uma voz boa, e como desde pequeno, talvez inconscientemente, sempre teve como meta ser artista, acabava se esforçando muito para cantar. Ele sempre acreditou muito na música, e eu, embora tendo voz, nunca me esforcei nem acreditei nisso... O engraçado agora é que estamos vivendo o oposto: hoje meu irmão é meu espelho...

Eu vejo a dedicação, a garra que ele tem, uma força e determinação que poucas pessoas possuem, e entendo que, se você tem algum dom especial, esse dom de nada adianta se você não se esforçar, não se dedicar a aperfeiçoá-lo. Não adianta nada eu ter voz boa e não ter a mesma garra e determinação que meu irmão. O Filipe sempre teve essa disciplina, e eu, como espelho dele e como irmã mais velha, servia de baliza: ele dava um passo e me ligava ou vinha conversar; eu lhe dava conselhos que ele sempre ouvia. Hoje acontece o contrário: como penso em seguir a carreira artística por causa da voz que tenho, vejo nele o espelho em que devo me mirar, a determinação e a força para acreditar no que quero e seguir em frente.

Só porque temos pai famoso vamos negar tudo e pedir esmola de música? Isso é hipocrisia. O Filipe pensa a mesma coisa. Ninguém vai ouvi-lo cantar,

Tainá, eu, meu pai e Krizia

ir ao seu show ou comprar o seu CD só porque ele é filho de quem é. No começo, as pessoas podem ser atraídas por curiosidade, mas, se o artista não tiver valor, esquece. Nunca mais compram um disco ou um ingresso.

O Filipe tocou em tudo quanto é lugar antes de ser famoso e nunca ignorou o fato de ser filho de quem é... Muito pelo contrário! Sempre falou de boca cheia e, quando teve que cantar junto do Fábio Jr., subiu ao palco e cantou lado a lado. Isso eu acho admirável: ele sabe o que quer e vai atrás. A diferença do meu irmão em relação a outras pessoas é que ele ama cantar mais do que tudo na vida. Ele se reconhece na vida através da música. A música é que norteia seu rumo.

COMO É SER FILHO DO FÁBIO JR.?

A mesma pergunta pode ser devolvida a quem a faz: "Como é ser filho do seu pai?". Para nós, essa é a nossa figura paterna desde que nascemos, nunca tivemos outra! Nosso pai é artista, e artistas em geral são meio loucos. Então o Filipe sempre tentou olhar o lado legal da situação e procurou crescer com isso em mente. Não dá pra virar as costas ao fato, mas é como meu irmão sempre pensou: indo atrás do que você gosta sem se aproveitar de ninguém, sendo honesto, a coisa deslancha. Independentemente de você de ser ou não filho do Fábio Jr., tudo vai dar certo. E se não der, não é porque você é filho dele! É isso que eu acho. O Filipe não tem que negar; tem que continuar a bater no peito e ter o maior orgulho do pai!

O FIUK CAUSAVA DEMAIS

O Filipe foi a criança mais arteira que conheci!

E a curiosidade insaciável do menino? Ele pegava os perfumes de minha mãe, os meus, de todo mundo, abria um por um, colocava os perfumes num pote maior e misturava tudo só para ver que cheiro aquela mistura dava! Esse lado alquímico dele sempre foi muito forte.

Uma vez minha mãe brigou com ele por causa de tanto que ele aprontava, e como vingança o Filipe sujou todo o sabonete da mamãe com aquela pomada grossa, branca, que tem um cheiro forte de peixe...

E quando a gente brigava, então? Era um perigo. Sabe aquela coisa de "Minha vingança será maligna?" Era bem isso... Certa vez ele passou cola de papel na tampa do vaso do meu banheiro! E tudo o que era líquido ele jogava ralo abaixo: xampu, sabonete líquido, tudo. Só os perfumes se salvavam – mas porque o Filipe os misturava para ver o cheiro que ia dar...

Ele adorava "fugir" de casa quando ficava revoltado com alguma coisa... Na verdade, essa "fuga" era dentro do condomínio mesmo, e a gente ia buscá-lo de carro. Um dia, minha mãe já estava cheia dessa história: "Esse moleque acha que vai ganhar alguma coisa com esse negócio de fugir? Pois vai ver só". Ela parou o carro ao lado dele, que estava caminhando pelas ruas do condomínio, e disse algo mais ou menos assim: "Você quer saber de uma coisa? Agora quem vai embora de casa sou eu. Eu é que vou fugir", e voltou pra casa. Daí, ele voltou chorando e dizendo: "Mãe, não foge!"

Numa época o Filipe ficou viciado em carrinho de rolimã. Ele saía escondido para brincar! Meu irmão era muito pequeno, e minha mãe ficava desesperada com ele andando naquele carrinho desengonçado... Ele até pintou as letras FIUK no carrinho, imagine! Depois veio o *skate*, e depois a bicicleta... Meu irmão vivia ligado em 220 volts!

Quando nós três brigávamos, um sempre procurava um motivo pra cutucar o outro. Eu e a Krizia chamávamos o Filipe de "transparente", porque ele não sabia o significado da palavra! A gente brigava e dizia: "Você é um transparente!", e ele ia correndo reclamar com a nossa mãe, chorando: "Mãe, elas me chamaram de trans... trans..." Ele nem sabia falar a palavra, e a gente ria a não poder mais.

Na adolescência ele pintou o cabelo de azul e depois de rosa. Esse era o Filipe.

NOSSA LIGAÇÃO

Eu e o Felipe sempre tivemos uma ligação muito forte, desde pequenos. Agora, com essa vida corrida que ele tem, com as gravações e tudo o mais, tenho saudade das coisas bobas do dia-a-dia, daquela convivência de irmãos que sempre tivemos. Isso se perdeu um pouco quando de repente o Filipe fez sucesso e passou a ser conhecido por todos como o Fiuk.

Foi tudo muito rápido. Do dia para a noite, ele estava na capa de todas as revistas, em todos os programas de TV, só se falava nele, "Fiuk pra cá, Fiuk pra lá!"

E, como família, nós ficamos preocupados de ele perder aquela alma boa que tem. De repente, o Filipe foi morar no Rio e ficou por lá quase um ano, com a agenda superlotada e nós sem conseguirmos manter muito contato com ele: "Será que o sucesso vai subir à cabeça dele?". Meu pai vivia falando: "Filhote, pé no chão!".

Mas, quando meu irmão voltou pra casa, percebi que não aconteceu nada disso e que ficamos todos preocupados em vão. Ele se manteve, se conteve, foi muito maduro, se agarrou às raízes de quem sempre foi. Ele sempre foi humilde e se agarrou àquilo em que acredita, sem dar ouvidos aos outros.

Quando o Filipe morava no Rio, na época das gravações de *Malhação*, de vez em quando ele vinha a São Paulo. Numa dessas vezes pedi que ele passasse em casa. Eu estava com muitas saudades, e ele resolveu passar lá pra conversar um pouco. A gente costumava ficar a madrugada inteira conversando dentro do carro, só eu e ele. A gente sempre se apoiou muito. Nesse dia, estávamos em casa conversando quando o celular dele tocou e ele foi atender na varanda. Ouvi parte da conversa.

Era um dos rapazes da banda todo preocupado porque eles iam abrir o show do Simple Plan. Dizia que iam ser vaiados, porque, afinal, o Simple Plan era uma banda americana com grande público, e a Hori ainda não era muito conhecida – especialmente por esse público. O Filipe respondeu que, se vaiassem, ia pegar o microfone e agradecer por uma plateia daquele tamanho vaiar a Hori. Achei essa postura sensacional. Ele estava dizendo que tudo bem se as pessoas não gostassem da sua música, era um direito delas. Eles, de sua parte, iam agradecer ao público por ter tomado aquela postura de avisar que eles não estavam bem. E que por isso a Hori ia melhorar.

O mais bacana de tudo é que a galera amou o show deles!

SEMPRE CONVERSAMOS MUITO

A gente conversava até altas horas sobre tudo: namorado, homem, mulher, vida, carreira... A gente viajava nas estrelas (até porque nascemos nas estrelas). Era muita filosofia, tipo cadeira é cadeira, Ok, mas quem inventou a cadeira?

Discutíamos tudo, questionávamos tudo, para poder descobrir a vida. Somos muito unidos...

Outro dia, eu estava com muita saudade dele e comentei isso. O Filipe respondeu me convidando a dormir com ele. Ficamos conversando horas, matando a vontade de ficar perto, de abraçar o irmão tão querido. Foi muito divertido. De manhã, continuamos no quarto conversando, rindo e vendo TV na cama.

AS CARACTERÍSTICAS DO FIUK

Uma coisa que ele jamais faria era estar com outra mulher enquanto está se relacionando com alguém. Não é a cara dele.

Meu irmão é muito tranquilo, não é nada parecido com o pai. Gosta de namorar, de ter alguém, de construir alguma coisa com a pessoa que ama. Nisso ele é muito parecido com minha mãe, nessa dedicação ao outro.

Do meu pai ele puxou o coração. O coração do meu pai é o maior do planeta. E outra coisa que ele puxou foi a intensidade, a garra, a determinação. Os dois são muito parecidos ainda em mais um ponto: eles acreditam! Não deu certo, não fica mágoa. "Vamos tentar de novo." Não ficam naquela coisa de "Ai, não deu certo, não quero mais". É como se estivessem vivendo as coisas sempre pela primeira vez.

CIÚMES

Meu irmão é muito ciumento. Nisso ele puxou ao meu pai. Não é só que ele fique nervoso, ele se transforma. Quando ele começou a gravar *Malhação,* eu estava noiva. Quando voltei a ficar solteira, perguntava de propósito: "Você não tem uns amigos aí pra me apresentar?". Ele queria morrer: "Você está louca? Você acha que vou apresentar você a algum amigo meu? Nunca!".

COMEMORAR, SEMPRE

Cada prêmio que ele recebe, pode ser um prêmio pequeno ou o mais legal do mundo, a gente comemora. É a maior festa! A gente se abraça, eu, ele, minha mãe, minha irmã, meu pai, todos nos abraçamos muito e choramos e gritamos! O Filipe se emociona com tudo o que ele ganha.

E tinha que ser assim mesmo! Porque os prêmios são uma recompensa por tudo aquilo que ele imaginou fazer na vida e está acontecendo agora!

EU CONFESSO

Não sei se ele tem noção do quanto é importante pra mim. Ele é meu herói, e isso é uma coisa entre nós... Vendo o que eu quero para a minha vida, dentro daquilo que eu acredito, o Filipe é meu herói.

Nós não somos apenas irmãos de sangue, somos irmãos de alma. Temos uma ligação além deste plano, uma ligação espiritual.

Eu o amo incondicionalmente.

Krizia também entregou o meu jogo, de bandeja!

ANTES DO SUCESSO E NA INFÂNCIA

Ah, o Filipe... Que lembranças eu tenho dele?

Nós temos praticamente a mesma idade. Minha irmã Tainá tem um ano mais que eu, e o Filipe tem três anos menos, ou seja, nós duas não éramos muito mais velhas que ele. Das minhas lembranças, muito legais eram os fins de semana na fazenda, quando ficávamos andando a cavalo o dia inteiro. Disso eu tenho saudades: de passar o dia todo com ele... Hoje em dia não dá mais para fazer isso.

Tem uma coisa que me marcou demais desde que ele era novinho, muito antes do sucesso... Eu via o esforço e a determinação dele. Quando chegava em casa, via o Filipe no quarto, estudando, ralando. Ele chegava a ficar o dia inteiro no quarto estudando, tocando. Ele dizia que um dia ia chegar lá, um dia ia fazer sucesso. Que a gente ia ver que era isso o que ele queria pra vida dele, e por isso ia correr atrás desse sonho. E foi o que ele fez.

Nós brincávamos muito aqui em casa. O coitado era rodeado de mulheres – eu, minha irmã e minha mãe – e portanto não tinha muitas opções quando era menorzinho. Então, eu acabava brincando com ele de carrinho e trator na terra. Acho que ele já contou que adorava levar terra para o quarto... Ai, ai, ai!

Nossa, outra coisa que ele adorava eram os robôs dos Power Rangers! Todo dia eu brincava com ele disso! E na hora de ir ao cinema, adivinhem que filme íamos juntos assistir? Alguma dúvida pairando no ar? Power Rangers, claro!

Outra coisa que a gente curtia fazer juntos era andar de bicicleta aqui no condomínio. Meu irmão sempre foi muito agitado, não parava quieto. Quando a gente decidia dar uma volta de bicicleta, eu ainda estava me preparando pra dar a largada e ele já estava a mil à minha frente...

Aos treze anos ele decidiu ir morar com meu pai, ==e o fato de estar perto de um artista foi um estímulo adicional para que o Filipe se dedicasse ainda mais à música.==

Um lugar que a gente sempre adorou desde pequenos foi o sítio. Quase todos os fins de semana estávamos lá. Meu irmão e meu pai gostavam de ir... e gostam até hoje. Quando Filipe morava com meu pai, era lá que a família se reunia. Foi no sítio que meu irmão aprendeu a dirigir os tratores. Éramos adolescentes, e eu, como irmã mais velha, teria a "obrigação" de ensinar o irmão caçula a dirigir... Mas foi o contrário! Quando ele ganhou o primeiro carro, já sabia dirigir muito bem... por causa das "aulas" que teve dirigindo os tratores do sítio! Então, na verdade quem me deu dicas de direção foi ele.

Sempre fui muito zelosa de minhas "obrigações" de irmã mais velha e me preocupava em ajudá-lo quando percebia suas dificuldades em alguma matéria ou lição de casa que os professores passavam. Mas definitivamente o Filipe nunca teve muita paciência para essas coisas de escola...

FILIPE OU FIUK?

Ele é meu irmão como sempre foi. Não consigo vê-lo como o Fiuk que as pessoas conhecem, um artista famoso, que faz filmes e novelas, grava CD, percorre o país fazendo shows... Claro que fico contente de ver o sucesso que ele tem conseguido, porque sei o quanto ele lutou e trabalhou para alcançar essa meta. Mas ele é a mesma pessoa desde pequenininho, é igualzinho, tem a mesma simplicidade, o mesmo carinho por mim, o mesmo amor pela família toda. ==Filipe e Fiuk são a mesma pessoa.==

E isso é muito importante, porque, querendo ou não, as pessoas mudam quando alcançam o sucesso e a fama. Não estou querendo dizer que mudam para pior, mas mudam mesmo sem querer. Não sei o que é, mas o sucesso altera as pessoas, e o Filipe de algum modo conseguiu manter tudo o que tinha de mais forte. Ele manteve suas marcas registradas.

COMIDA JAPONESA
Com o contrato para fazer *Malhação,* Fiuk foi morar no Rio de Janeiro. Eu sentia muitas saudades, claro! E sempre que possível ia visitá-lo. Por sorte, perto do flat onde ele vivia há bons restaurantes. Como nós dois sempre curtimos comida japonesa, encontramos um bom lugar para saborear a culinária e colocar o papo em dia. É legal lembrar disso.

AS MARCAS DO FIUK
Vejo duas marcas muito fortes em meu irmão: a espontaneidade e a sinceridade. Isso ele manteve mesmo com todo o assédio dos fãs e da imprensa, mesmo com toda a exposição na mídia. O que ele faz é espontâneo, e o que ele diz é sincero. Esse carisma que ele tem se deve a essas duas qualidades que transparecem nele.

MINHA MENSAGEM
Hoje, eu me encho de orgulho pelo que ele conquistou. Quero sempre ter meu irmão ao meu lado, para compartilharmos tudo como sempre fizemos. Estou com ele sempre, e o Filipe sabe que pode contar comigo e com a família. Mesmo morando longe, no Rio ou em qualquer outro lugar, ele está perto de nosso coração. Quando meu irmão chega, é sempre a maior festa em casa.

Eu amo demais o Filipe.

Fiuk, continue assim, porque a sua crença é tão forte quanto seu poder de alcançar as coisas.

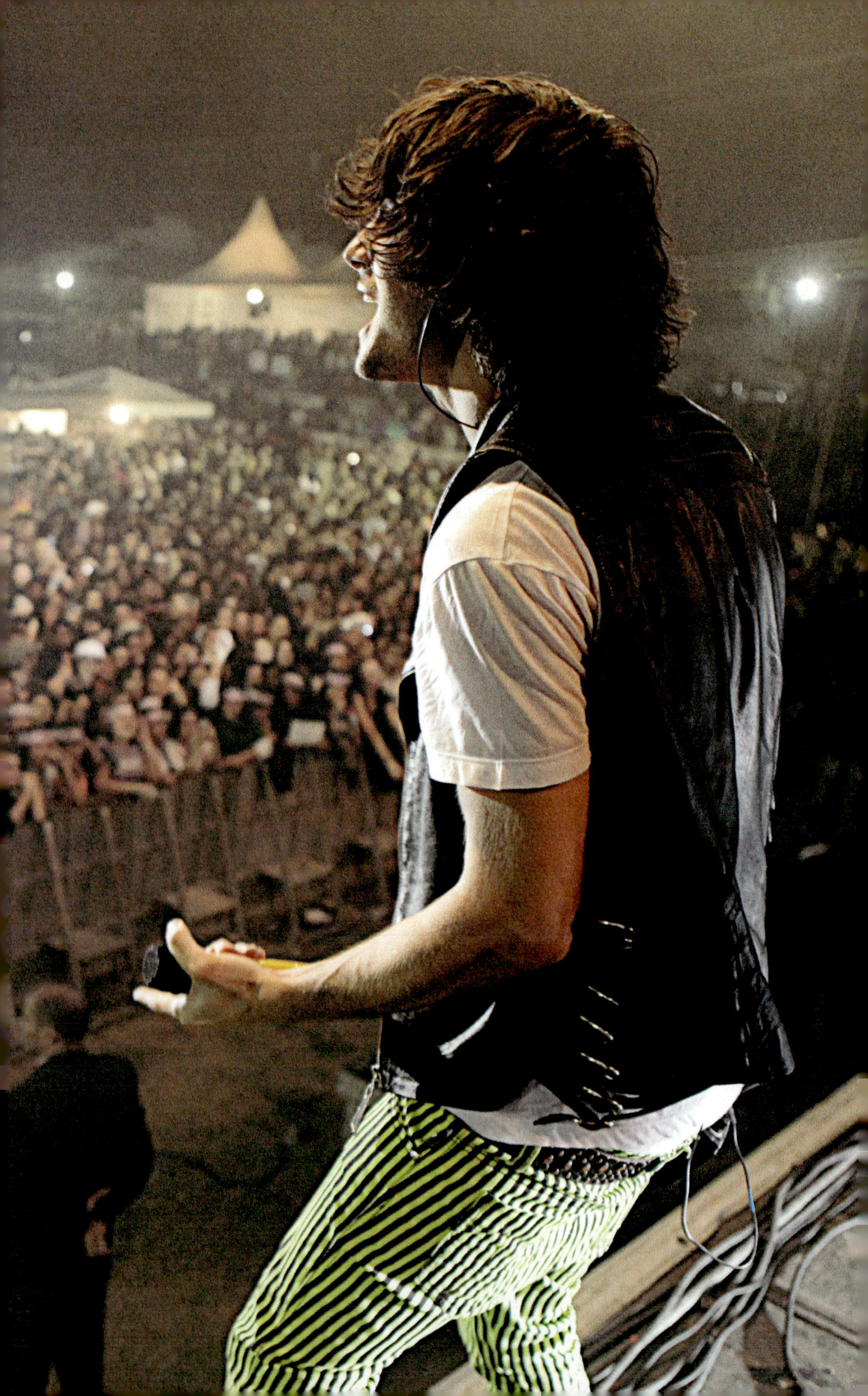

MÚSICA É COISA SÉRIA

Eu tinha uns doze ou treze anos quando ganhei a guitarra vermelha. Logo depois, montei uma banda com dois amigos da escola. Como era a época do Blink, eu queria ser o Tom DeLonge. Na verdade, eu queria muito ser uma mistura de Tom com Travis, o baterista do Blink. Foi por causa dele que comecei a aprender a tocar bateria.

Os ensaios da banda eram depois da aula, na casa do baterista. Eu não tocava nenhuma música direito, o baixista também não, e eu ficava nervoso pra caramba. Nossa, eu tocava minhas musiquinhas e cantava desafinado!

Nessa época, eu já morava com meu pai. De vez em quando, estava tocando no meu quarto e ele entrava, louco da vida: "Canta afinado, pô!". Isso aconteceu várias vezes. Aí comecei a me olhar no espelho e me achar um lixo, aquilo começou a me derrubar. Só que eu havia colocado a música como meta da minha vida e comecei a levar a coisa muito a sério. Chegava da escola e nem fazia a lição, ia direto tocar.

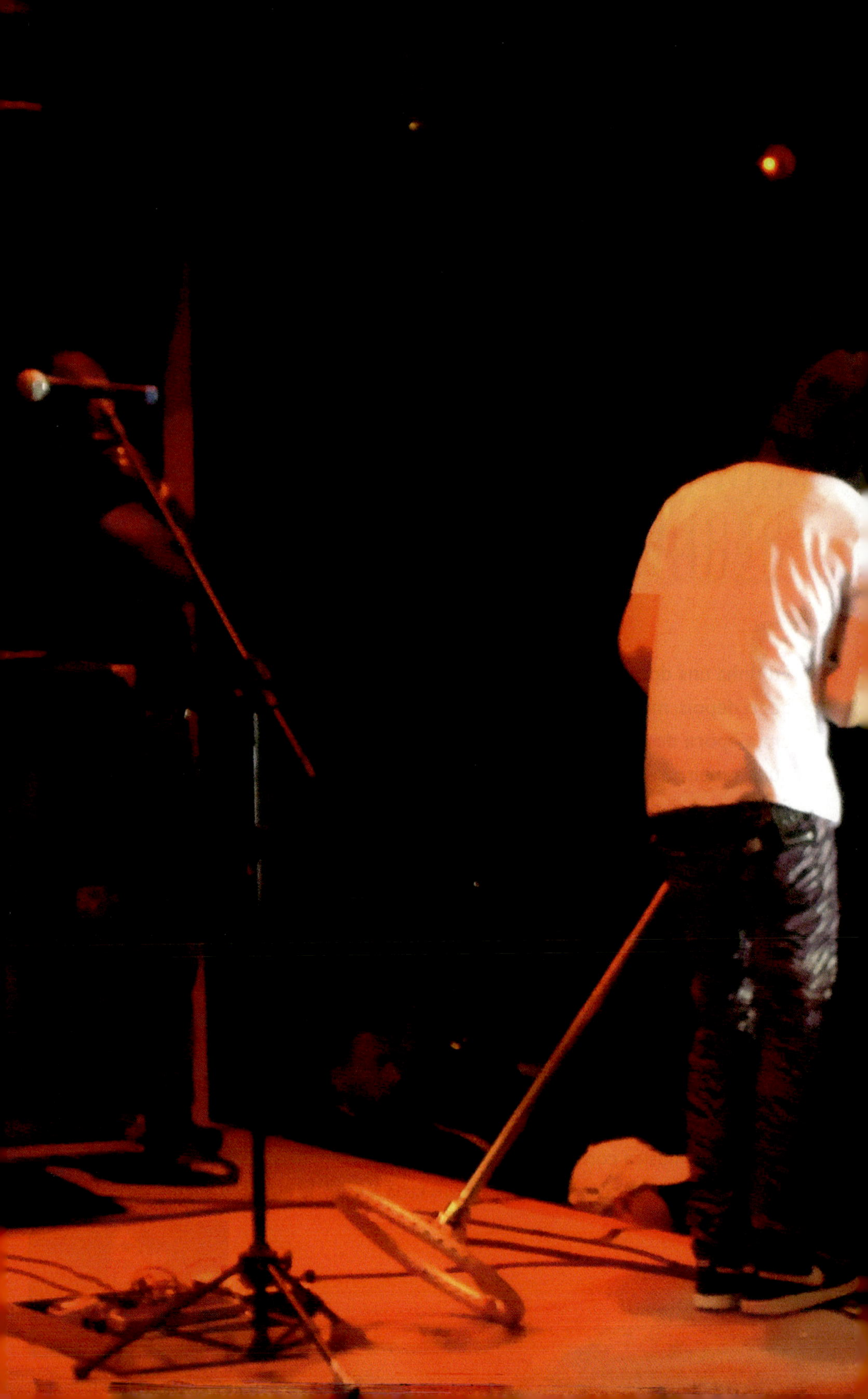

> *A gente deve ir atrás de nossos sonhos*

Essa primeira banda não tinha pretensão alguma. Os outros membros gostavam do que estávamos fazendo, ninguém queria se comprometer de verdade. Mas eu não. Eu queria isso pra minha vida. Enquanto os outros encaravam aquela banda como um passatempo, eu havia decidido levar a coisa a sério. Queria seriedade nos ensaios, queria mais profissionalismo. Eu dizia: "Vamos tirar a música tal?", e ninguém conseguia fazer isso no ensaio. Foi aí que a gente se separou. Não houve briga, nada disso, só paramos de tocar juntos.

E eu fui em frente. Continuei compondo, tocando sozinho, levando bronca do meu pai pra cantar afinado, levando bronca por ir mal na escola e só me dedicar à música. Mas minha meta estava traçada: eu queria ser artista e pronto!

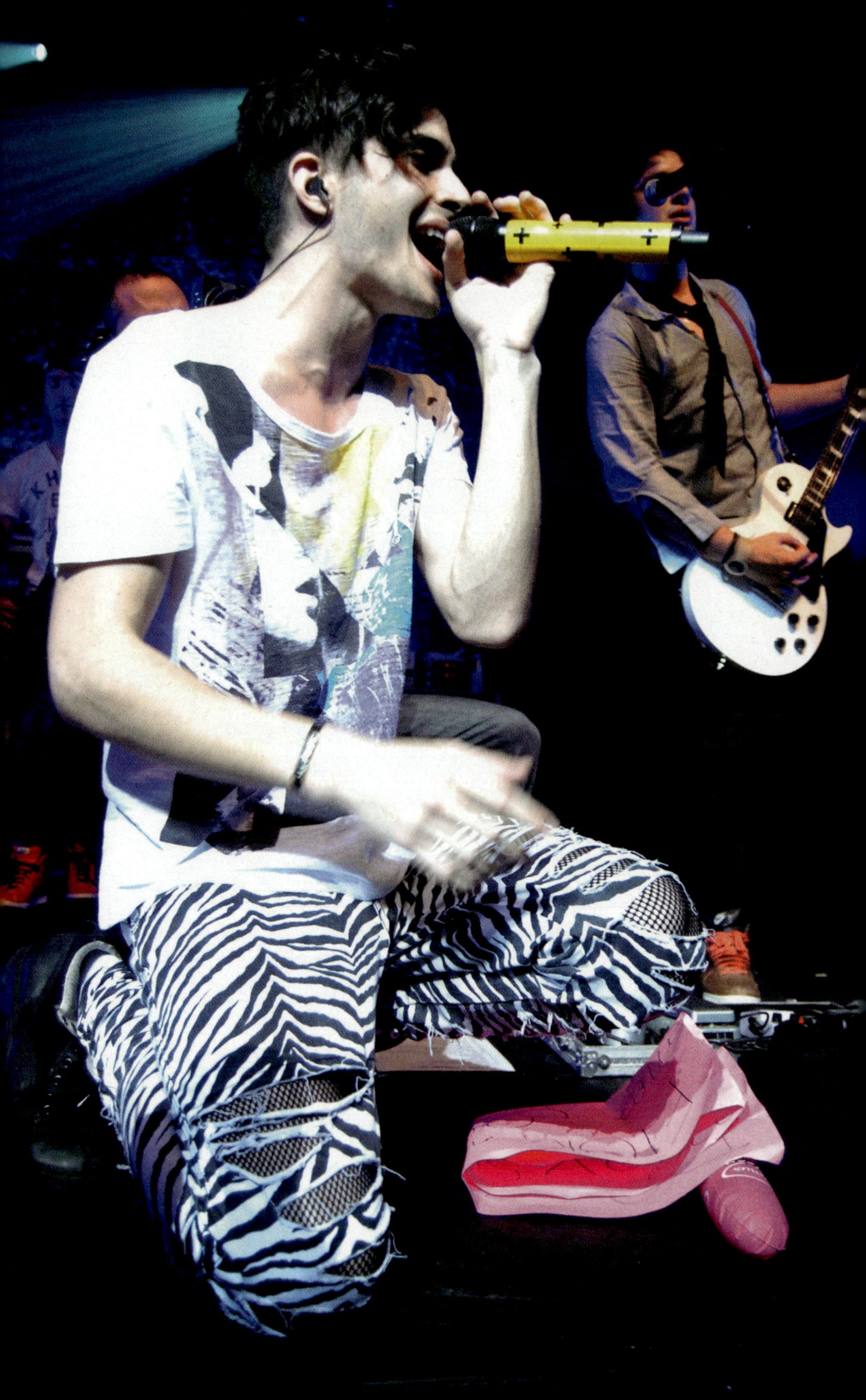

A BANDA HORI

Como eu estava decidido a ser artista, meu pai percebeu que não adiantava ir contra, que seu filho também ia ser músico e artista. Aí ele foi muito legal: não fez nada para me impedir de correr atrás do meu sonho. Mas disse algo cuja importância só vim a entender mais tarde: "Sou seu pai e não seu empresário. Trate de andar com suas próprias pernas!" Nossa, eu fiquei louco da vida!

Meu pai não aprovou minha primeira demo. Quando cheguei, todo feliz, mostrando as músicas que tinha feito, ele disse: "Moleque, você realmente acha que isso está bom? Pelo amor de Deus! Faça de novo, você está desafinado". Levei cinco anos pra ganhar o primeiro elogio dele. Mas hoje só agradeço. Não me considero bom, mas estou bem melhor do que uns anos atrás. Todos esses desafios só aumentaram minha garra para vencer.

Sou um cara determinado e jamais quis algo de mão beijada, mas, quando disse ao meu pai que ia encarar a carreira com seriedade, pensei que ele fosse

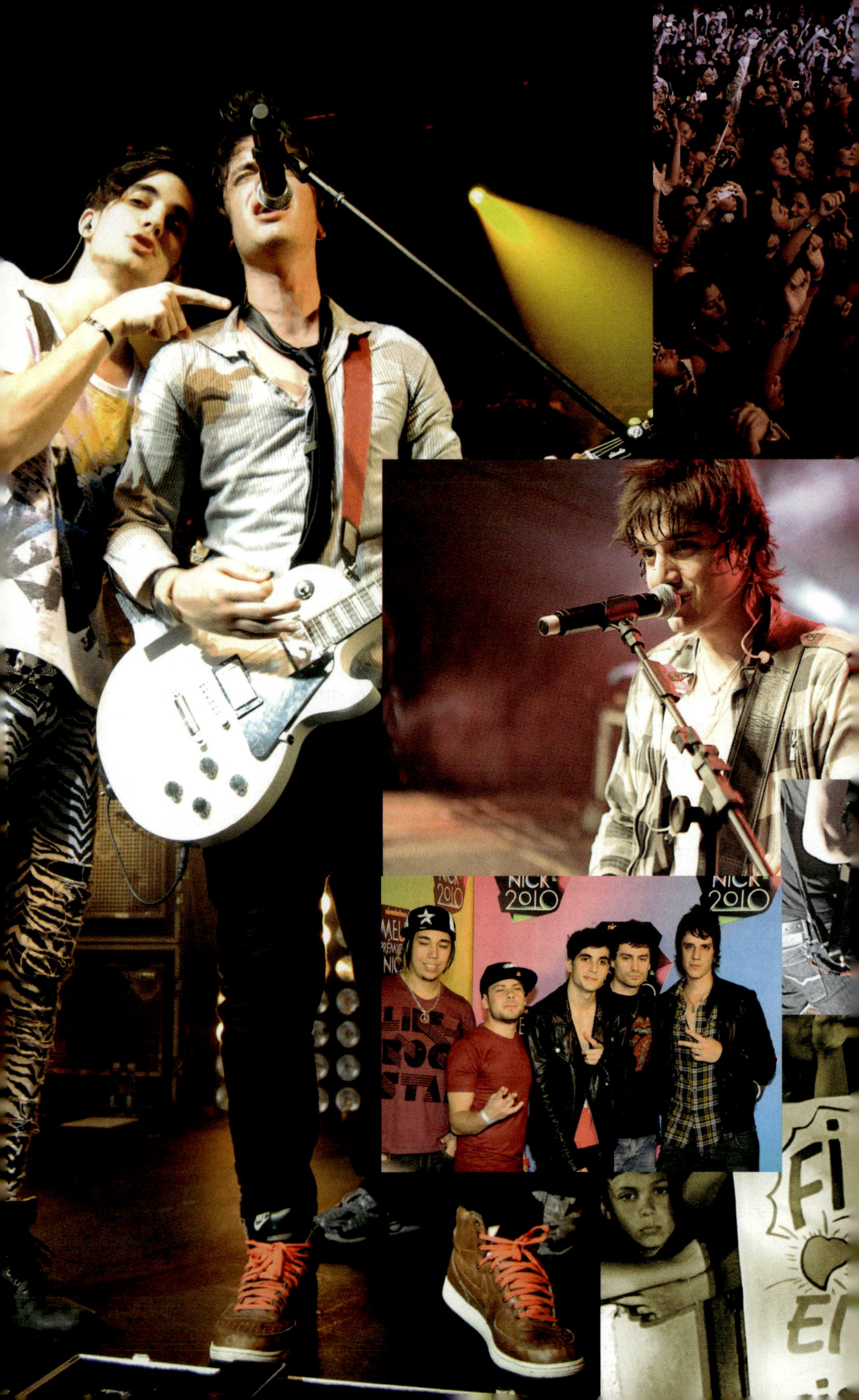
NICK 2010
NICK 2010

"FECHO OS OLHOS
RA PENSAR SÓ
OCÊ...
MA FOTO COMIGO.

pelo menos me ajudar com seus contatos. Hoje vejo que foi melhor do jeito que ele fez. Nós ralamos muito, e tudo o que a Hori vem colhendo hoje em dia é fruto do nosso trabalho. Então, sei que meu pai fez o que era melhor para mim.

Com a cara e a coragem

Um dia compus uma música e decidi que seria legal gravar uma demo com ela. Eu conhecia umas pessoas em um estúdio e fui até lá com meu violão, preparado para gravar sozinho. Mas achei que seria bacana se também tivesse uma bateria e perguntei ao técnico de som se conhecia um baterista. Ele me indicou um batera chamado Alexandre Bispo. Liguei pra ele. O cara atendeu, todo sério, e marcamos um horário para ensaiar. Depois que desliguei o telefone, fiquei imaginando o cara de terno e gravata, todo formal, chegando ao estúdio pra gravar...

No dia marcado, cheguei ao estúdio e vi um cara baixinho na bateria, tocando. "Tudo bem", pensei, "o Alexandre Bispo ainda não deve ter chegado. Afinal, não estou vendo ninguém de terno e gravata"... Mas o cara tocava batera do jeito que eu gosto, e, quando perguntei ao pessoal: "O Alexandre chegou?", foi o baixinho que respondeu: "Sou eu!" O baixinho é o Xande, que está comigo até hoje e é um cara que estuda música desde os nove anos!

A Hori estava começando.

Já escrevi que quando ponho uma ideia na cabeça é difícil alguém me convencer a não colocá-la em prática. Pus na cabeça que precisava ficar perto do meu pai, e tanto fiz que fui morar com ele. Mas agenda de artista é uma loucura, e aí pensei: "Vou unir o útil ao agradável!". Se pra ficar perto dele eu tivesse que acompanhá-lo nas turnês, tudo bem: fui ser *roadie*. Montava e desmontava equipamentos, carregava cabos pra lá e pra cá, levava as caixas de som de um lado pro outro e aprendi como é a vida na estrada. E deu certo, a gente se aproximou demais.

Nos intervalos, ficávamos tocando violão, trocando ideias sobre letras de músicas, falando da carreira... Eu estava aprendendo a conhecer meu pai, e ele a conhecer seu filho.

Esse período foi mágico, eu estava amadurecendo.

HORI
Cinco integrantes, a mesma ideia: passar através da música mensagens de paz, de amor e de busca de seus sonhos. As referências da Hori vão do Jota Quest, Queen e Coldplay até Incubus e Oasis, passando pelo rock dos anos 80 e 90 e chegando ao pop e à black music.

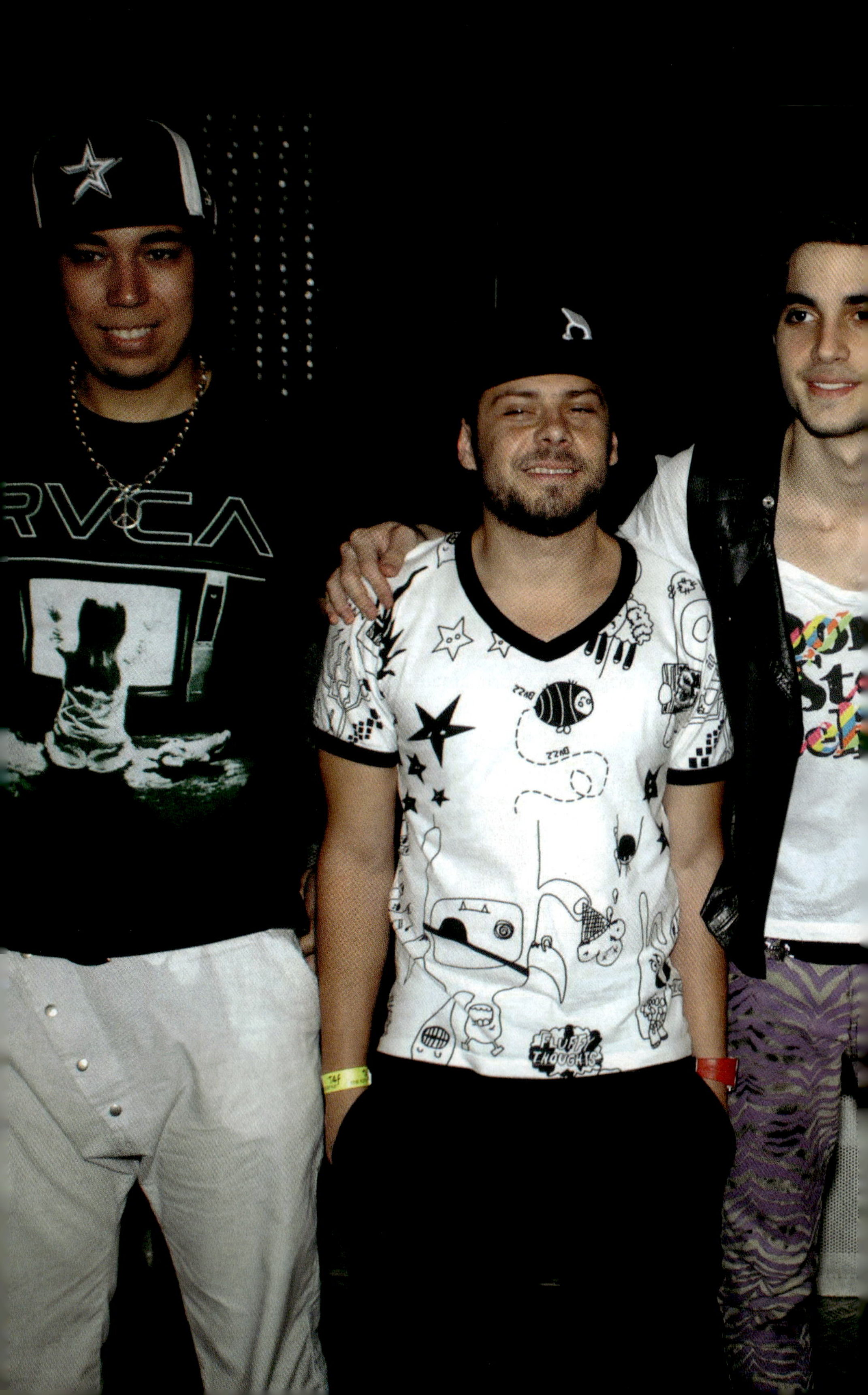
RVCA
FLUFFY THOUGHTS

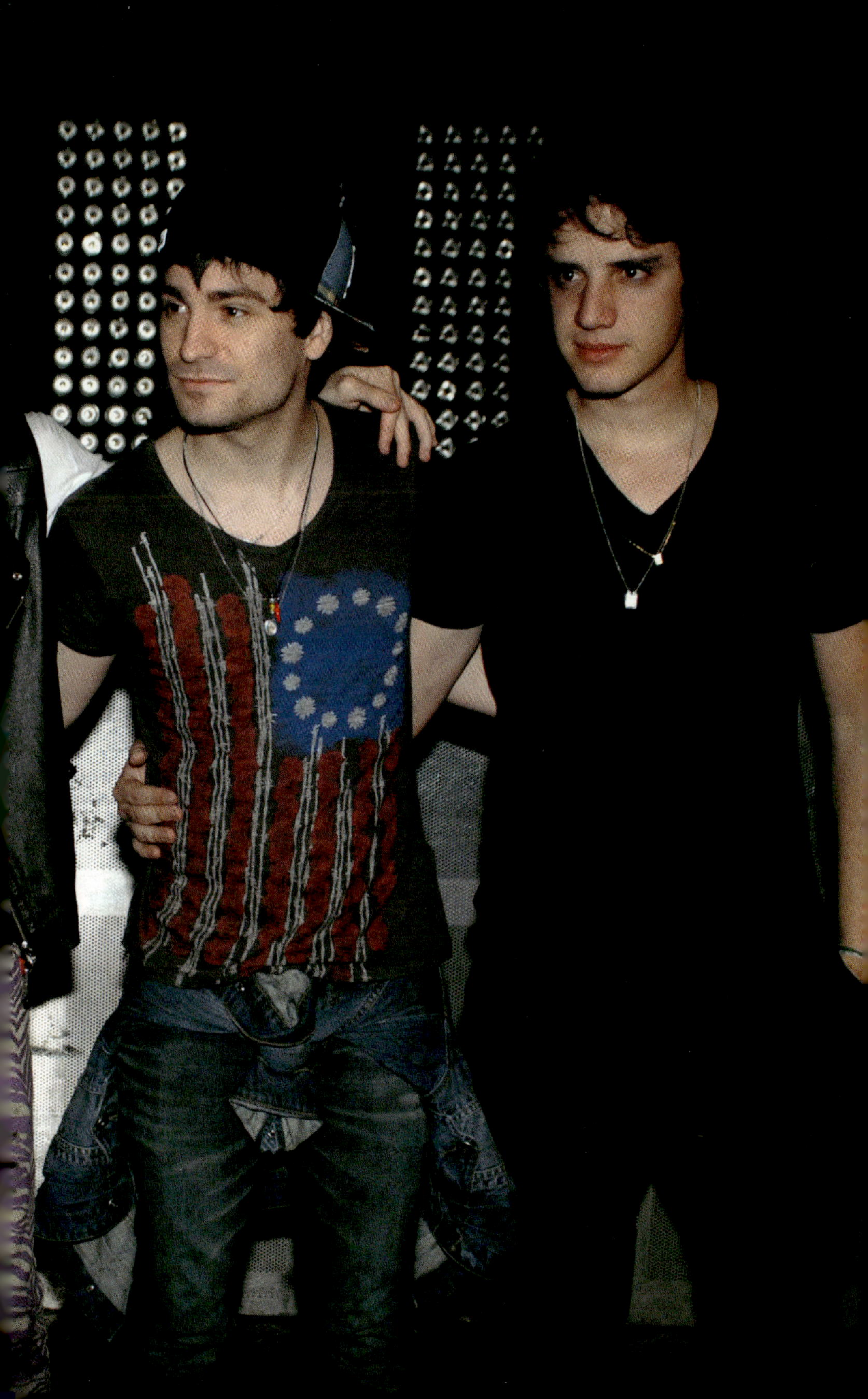

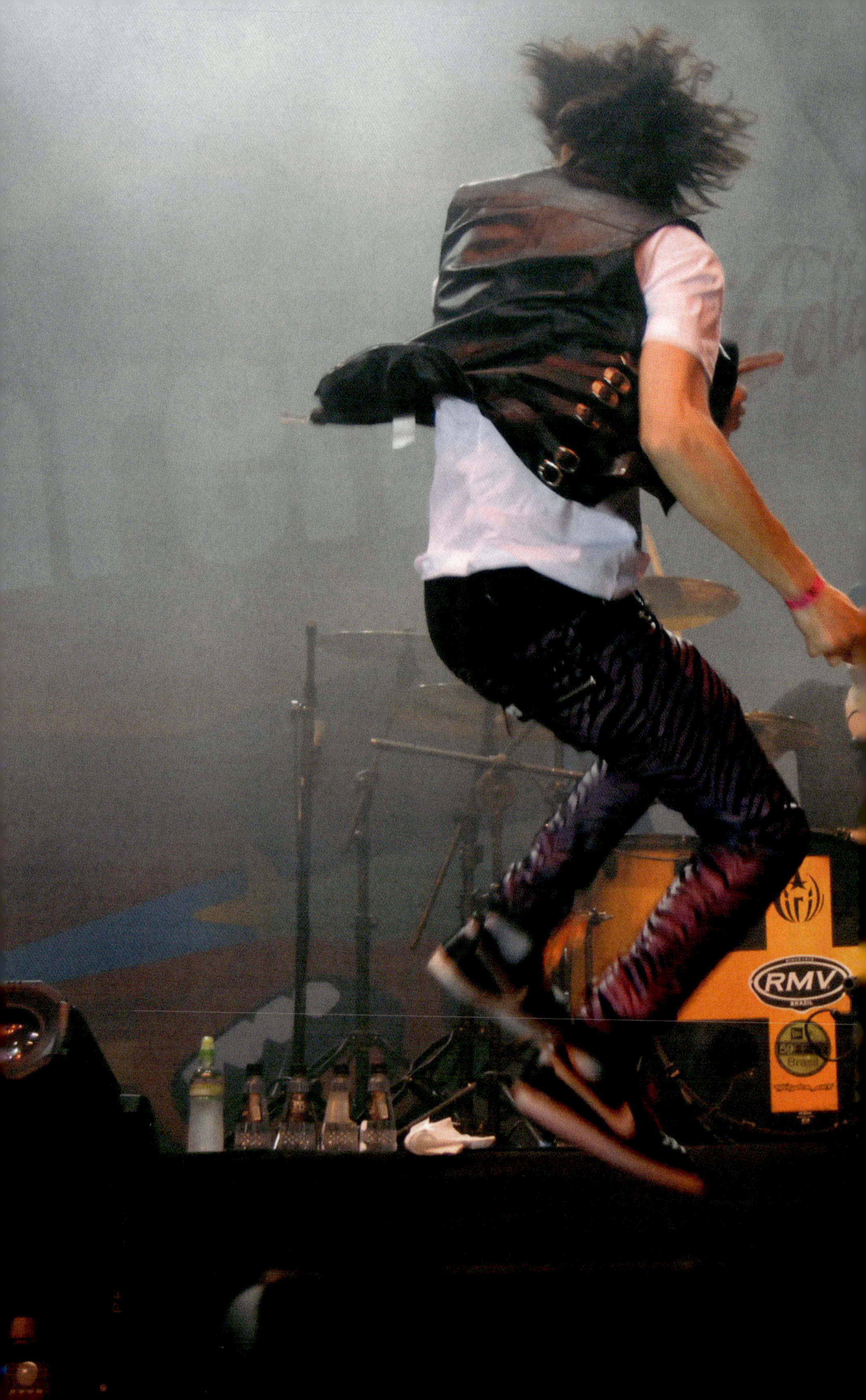
RMV

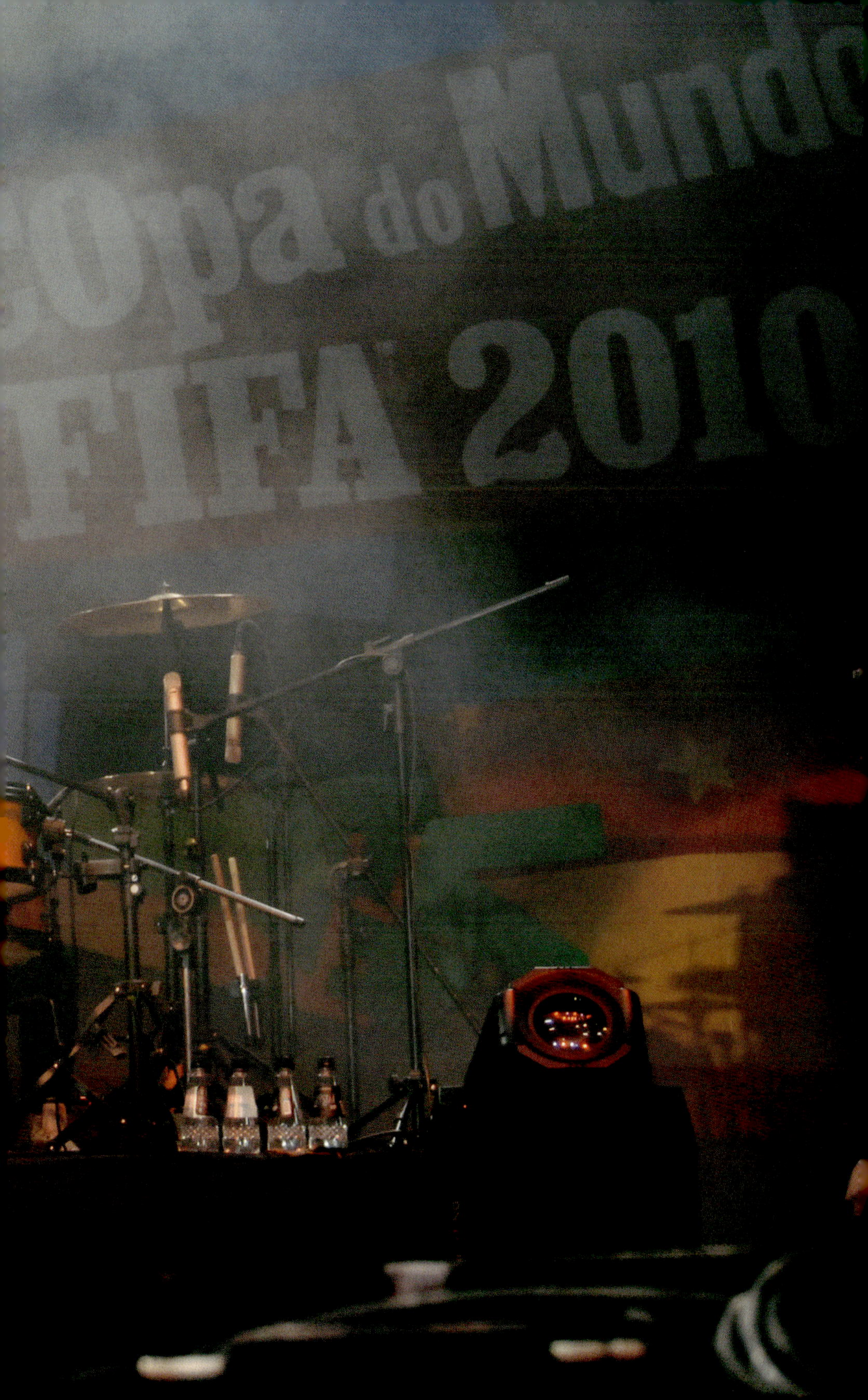
Copa do Mundo
FIFA 2010

NADA MAIS É COMO ERA ANTES
TUDO MUDOU
TANTAS COISAS IMPORTANTES
QUE A GENTE DEIXOU
EU ACREDITAVA TANTO,
VOCÊ NÃO ACREDITOU
E EU DECIDI QUE PRA VIVER
QUERO SEMPRE MAIS

SE PUDER TER AMOR E PAZ
PRA VIVER QUERO SEMPRE
QUERO SEMPRE MAIS
QUERO SEMPRE MAIS

NADA MAIS É COMO ERA ANTES
TUDO MUDOU
TANTAS COISAS IMPORTANTES
QUE A GENTE DEIXOU
EU ACREDITAVA TANTO,
VOCÊ NÃO ACREDITOU

E EU DECIDI QUE PRA VIVER
QUERO SEMPRE MAIS

SE PUDER TER AMOR E PAZ
PRA VIVER QUERO SEMPRE,
QUERO SEMPRE MAIS
QUERO SEMPRE MAIS

Sempre mais
Filipe Galvão (Fiuk)
Titto Valle

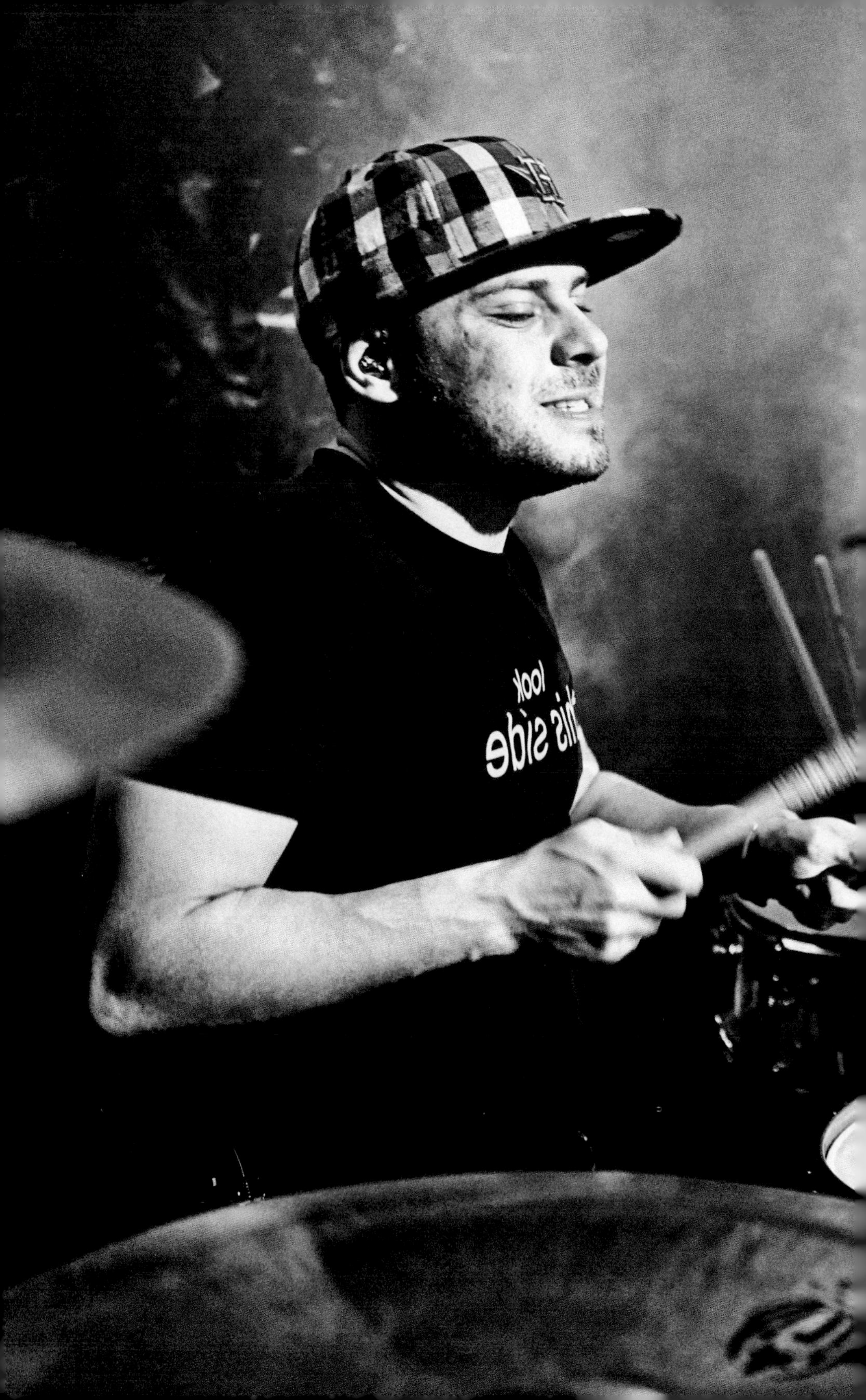

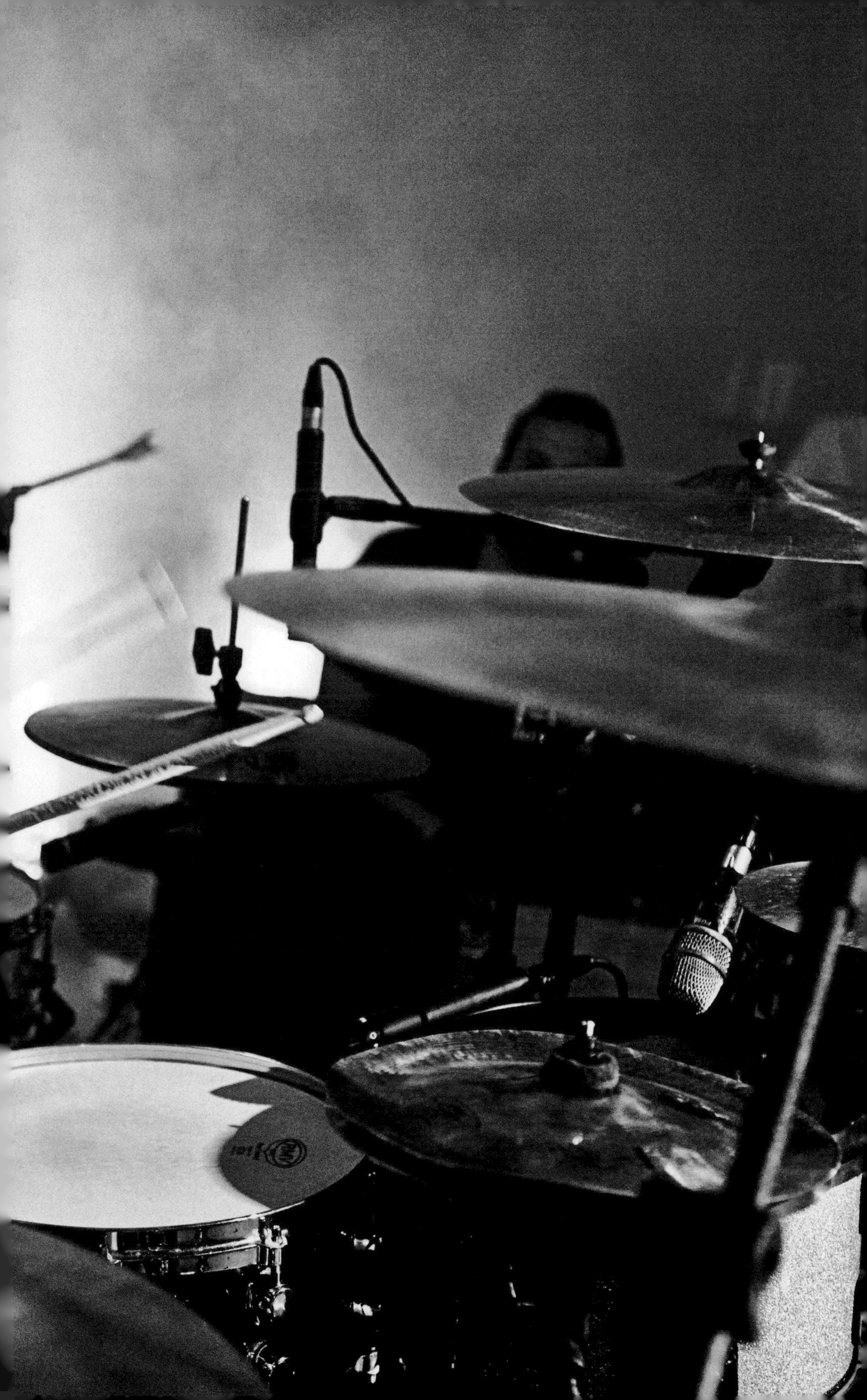

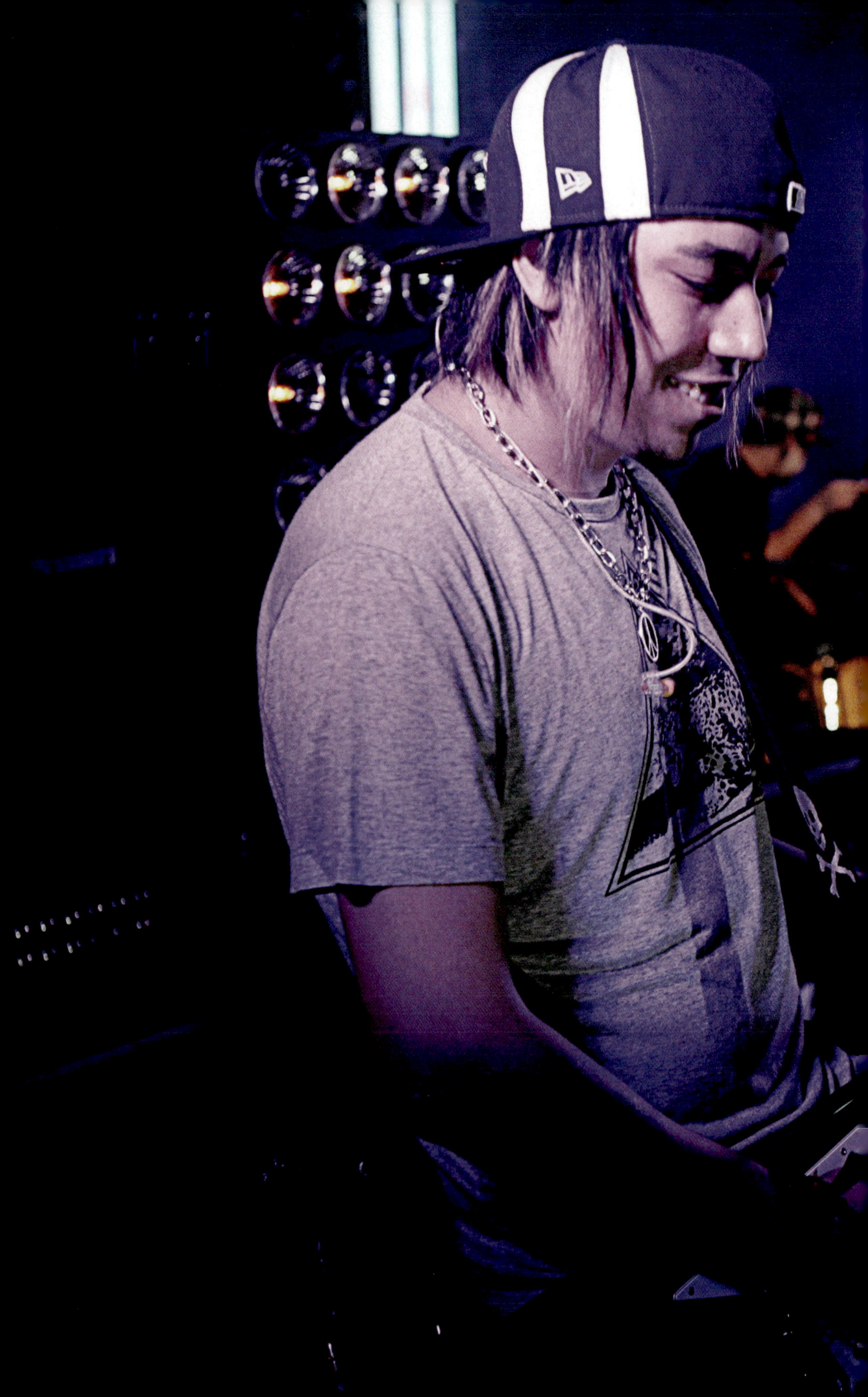

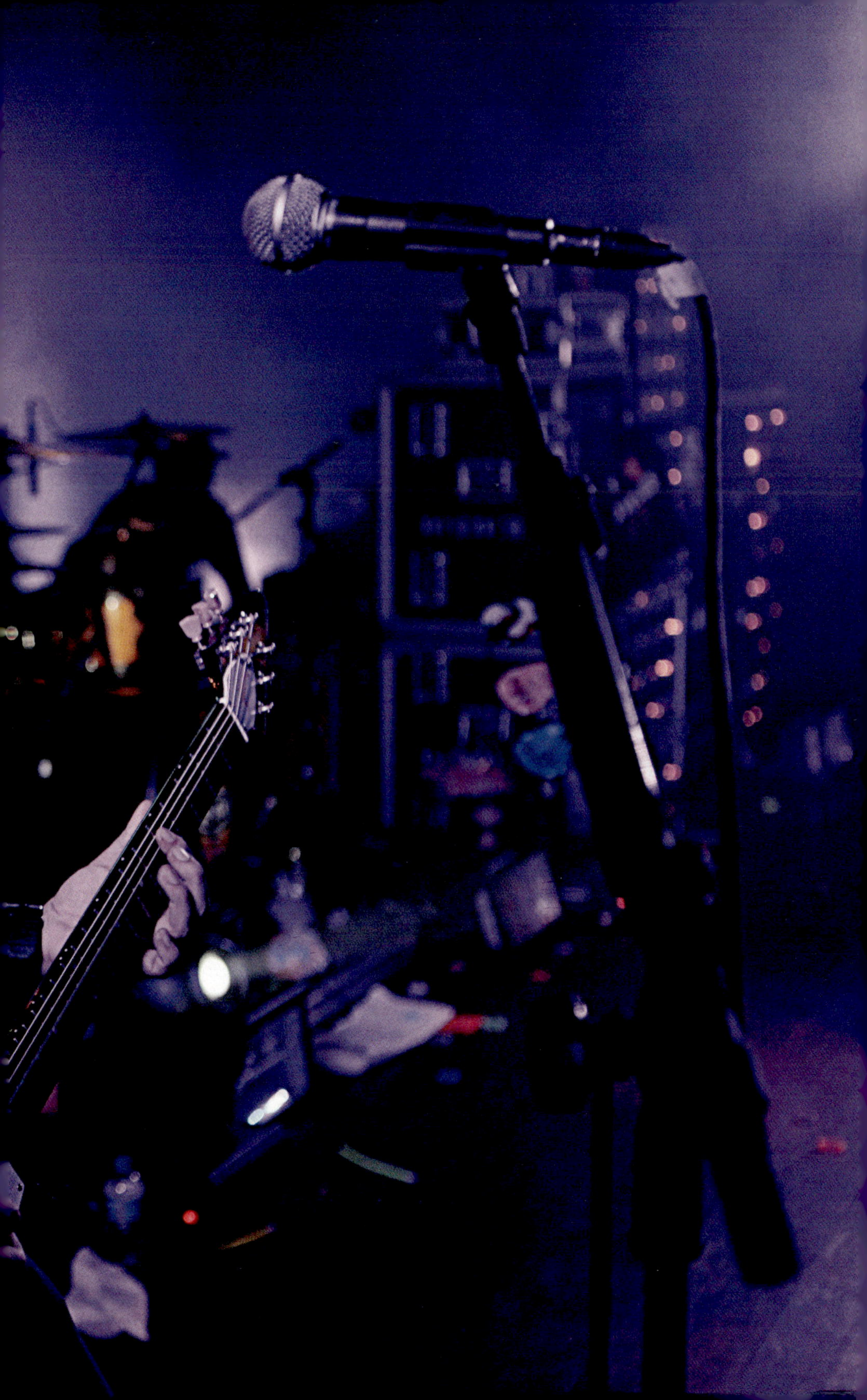

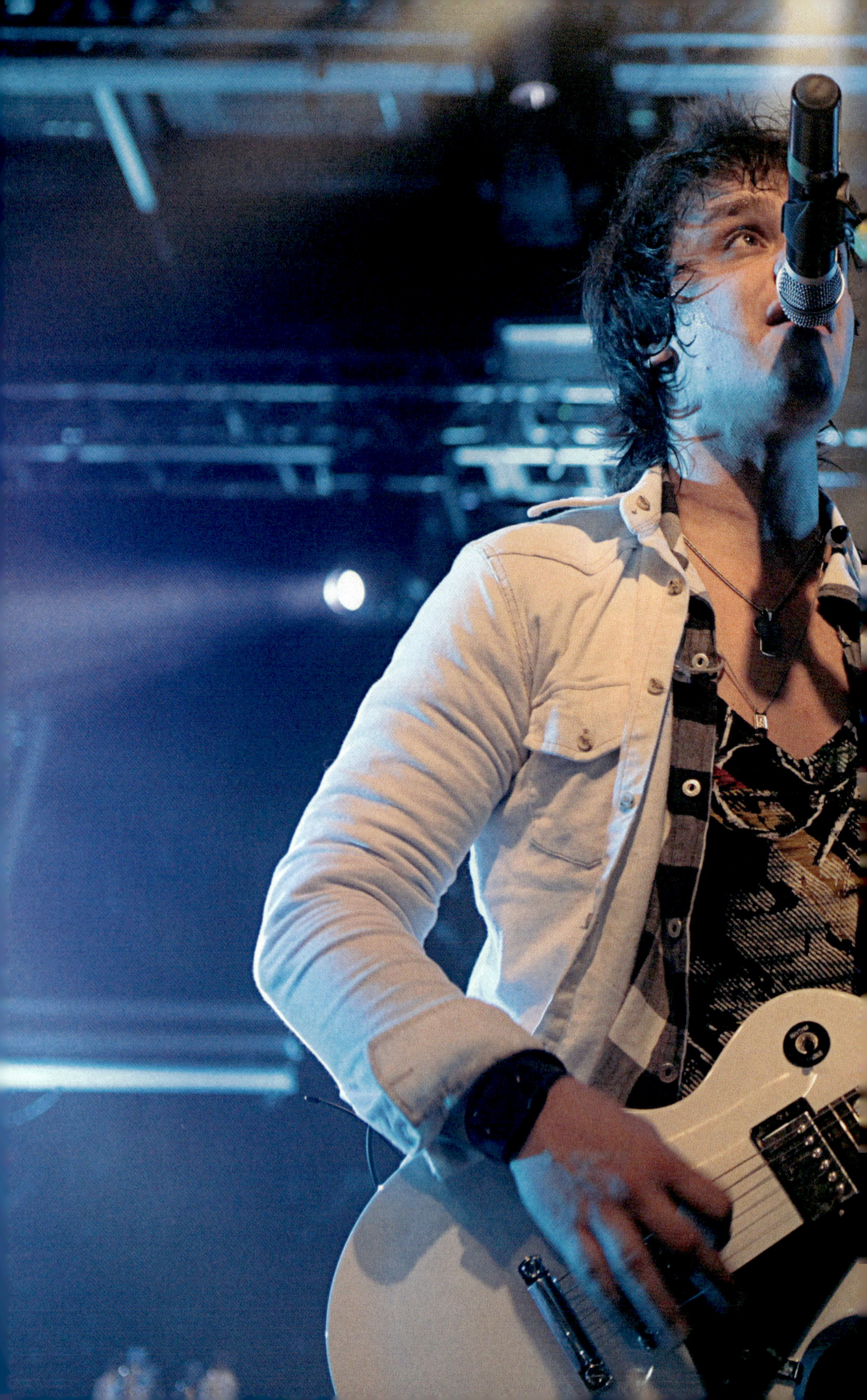

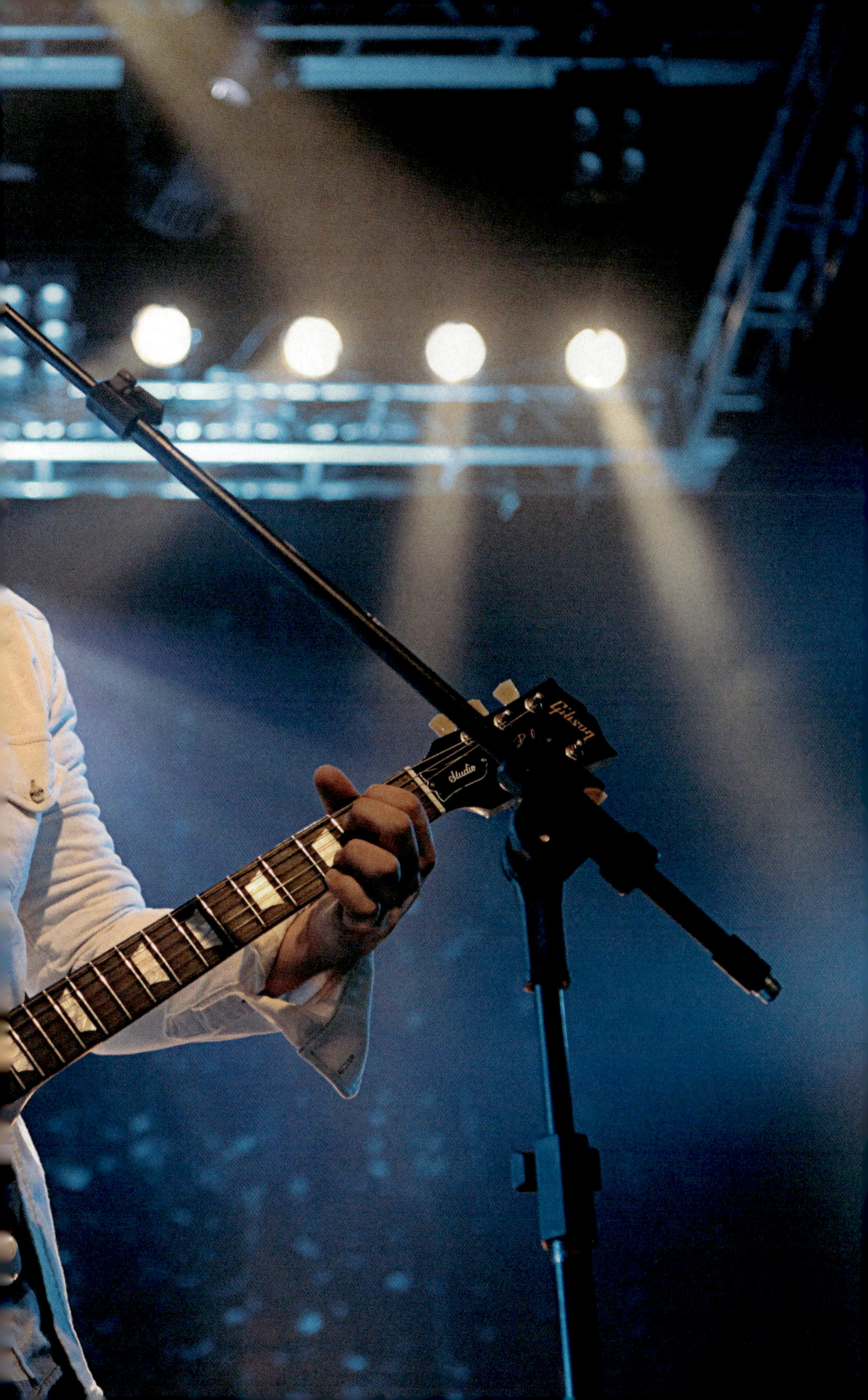
Gibson
Studio

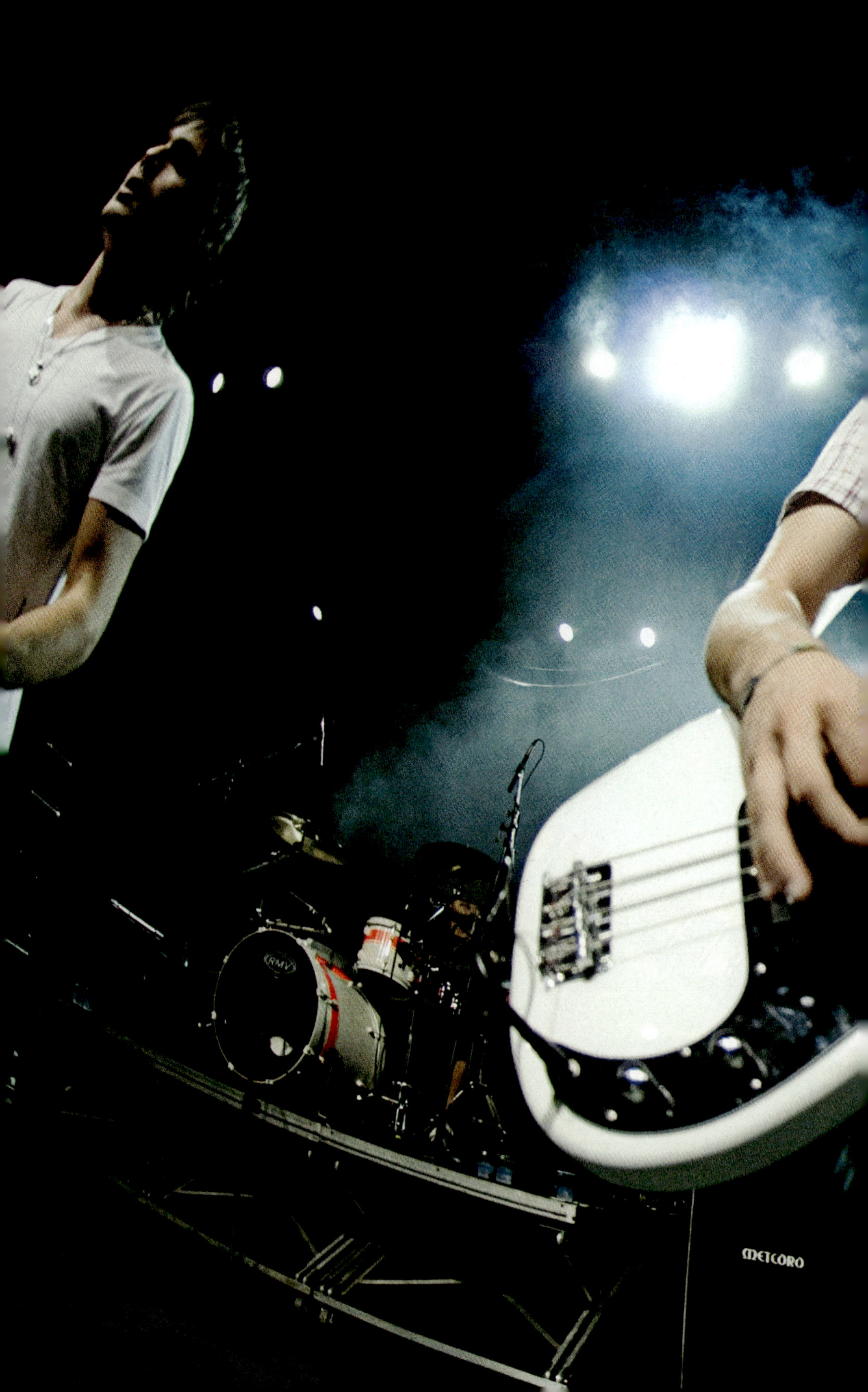
RMV
METCORO

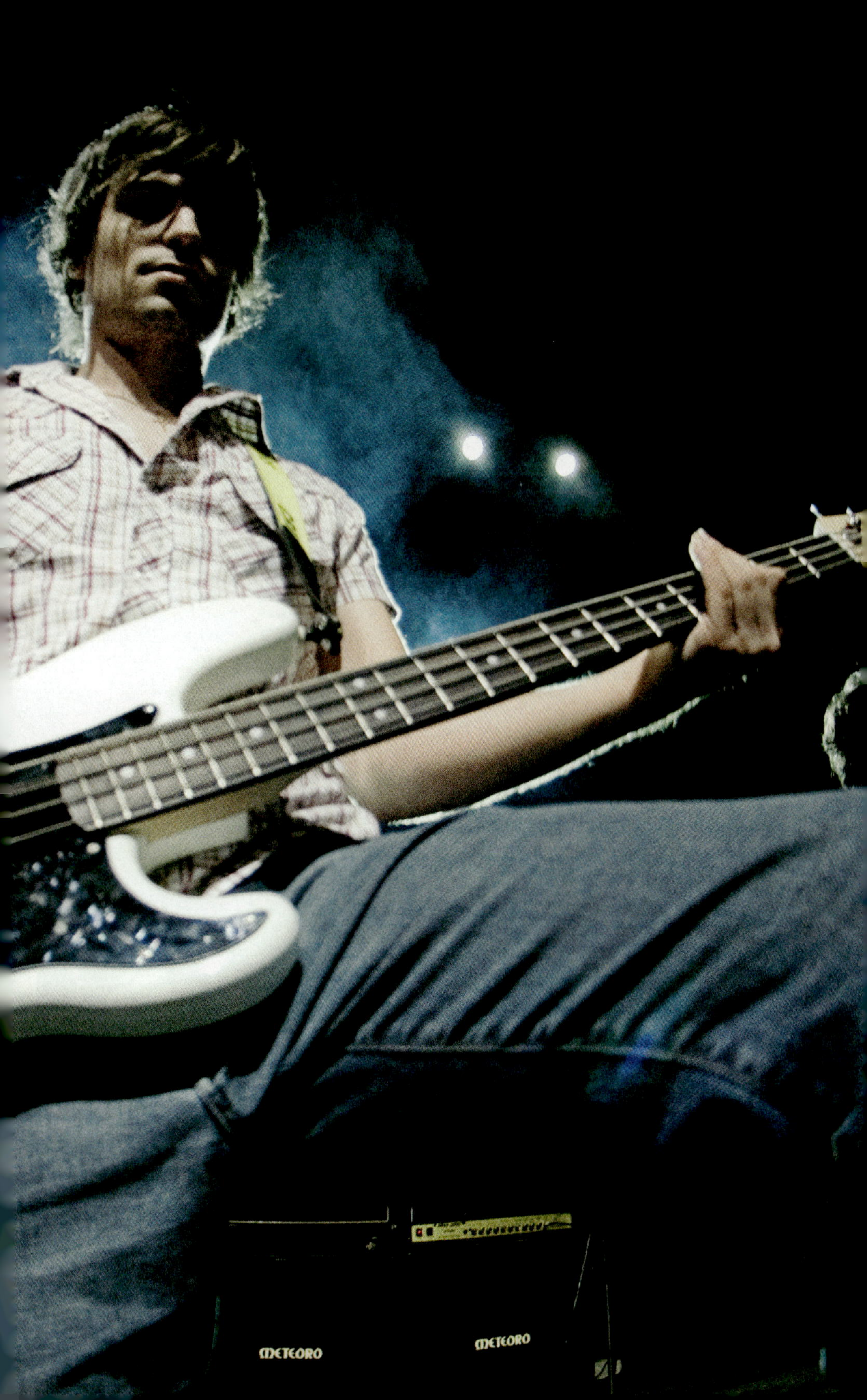
METEORO
METEORO

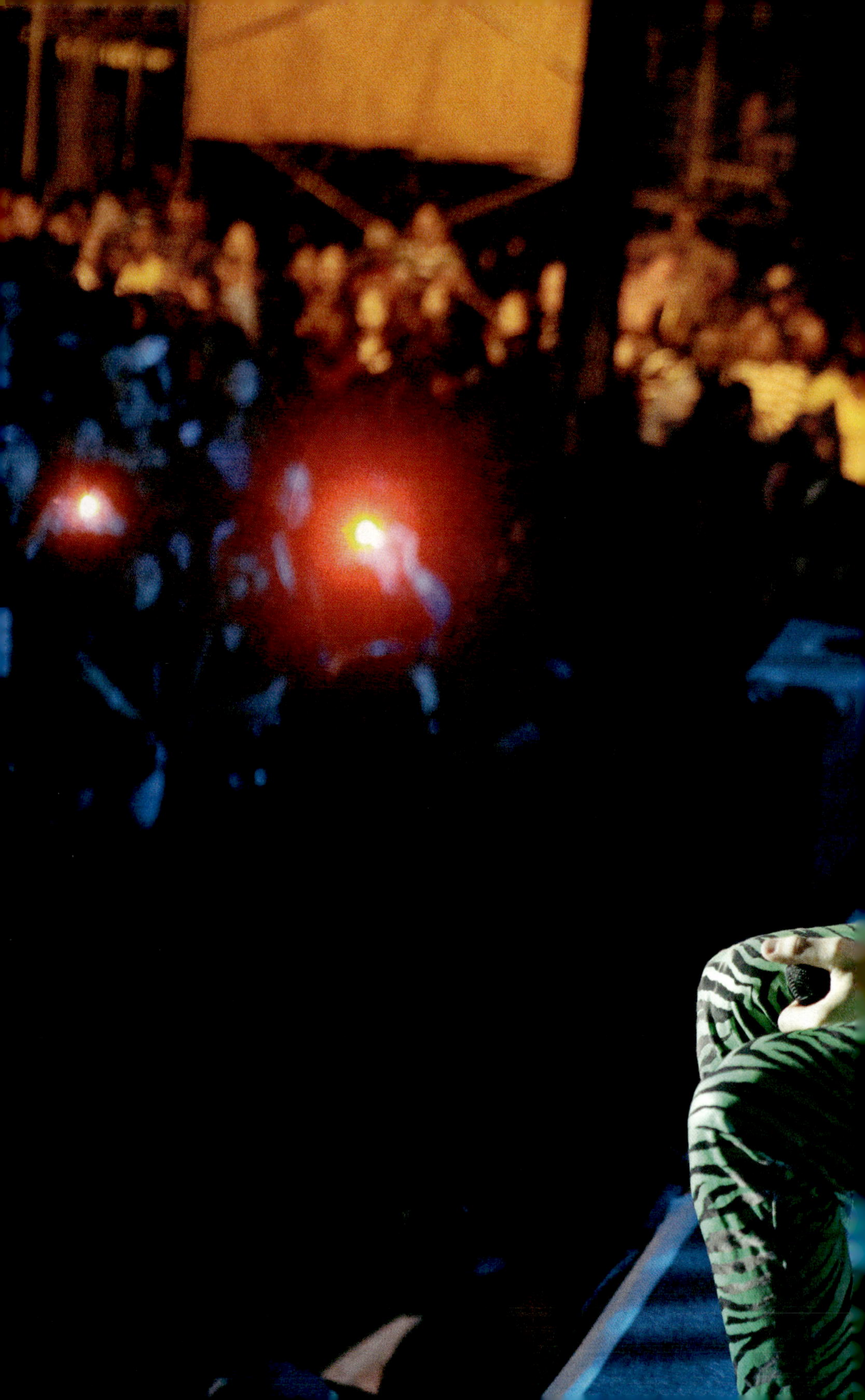

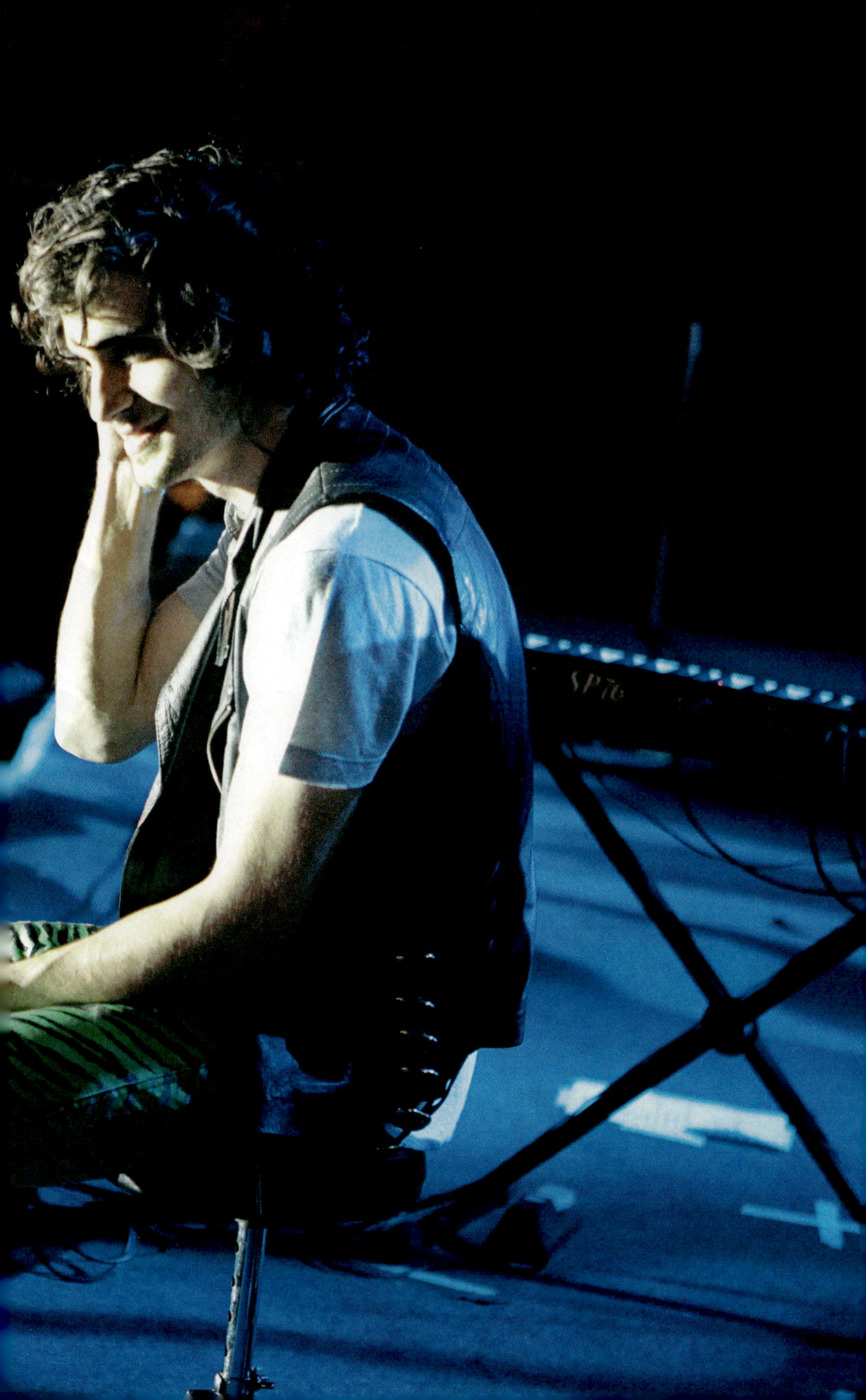

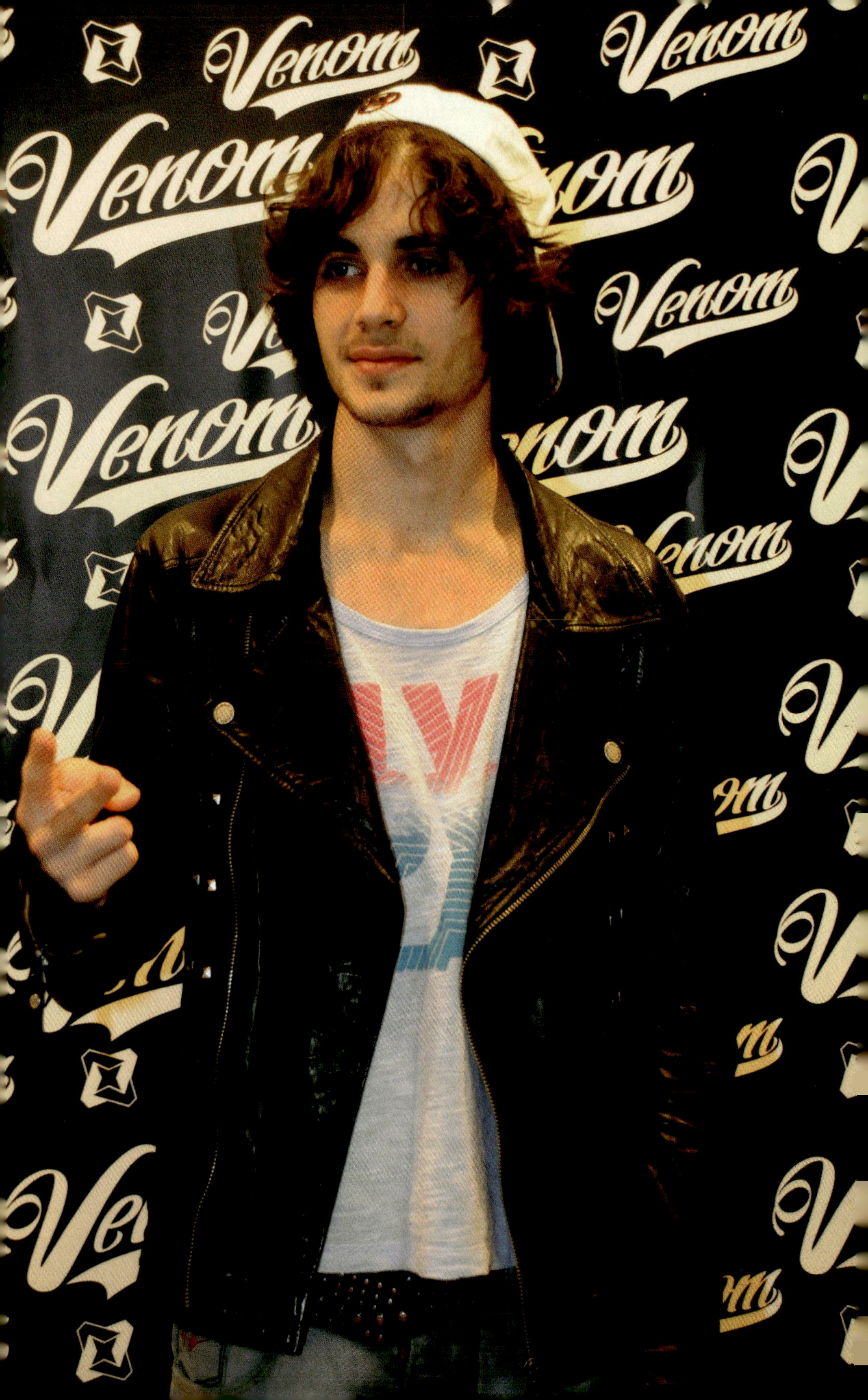
Venom

UM DIA ACONTECEU

Tentamos diversas formações com a Hori, até que no fim de 2007 as coisas começaram a se ajustar. E desde que o Max entrou pra banda em 2008, já no primeiro ensaio rolou uma química diferente. Ele tinha contato com música desde cedo. Aos dezenove anos, já tinha sido sócio de um estúdio de gravação. Nossa parceria foi muito bacana desde o começo.

Depois entraram mais dois caras, o Fê Campos no baixo e o Renan na guitarra. Agora a banda estava completa, todos olhando na mesma direção.

Como todas as bandas, passamos a correr atrás de gravadoras e as coisas começaram a acontecer. A Hori apareceu pela primeira vez no programa da Hebe no final de 2007. Assinamos com a Warner Music em 2008 e, no segundo semestre de 2009, lançamos o primeiro álbum, o homônimo *Hori,* apenas com músicas inéditas e a regravação de "Só Você" de Vinicius Cantuária.

Aí nossa vida ficou acelerada.
Demorou! "Segredo" estourou

na internet. Em apenas três dias no YouTube, o clipe registrou aproximadamente 30 mil acessos. A música começou a tocar nas rádios de São Paulo e do Rio, e a banda passou a fazer shows quase todos os fins de semana no estado de São Paulo. Logo depois do lançamento do CD, fomos cantar na Hebe mais uma vez. Ela sempre nos deu a maior força.

Cinema e tevê... quem diria!

Em 2009, fiz parte do elenco do filme *As melhores coisas do mundo,* de Laís Bodanzky, que estreou em 2010. E também fui convidado para integrar o elenco da novela teen *Malhação*. O mais bacana é que três músicas da Hori entraram na trilha sonora da novela: "Quem eu sou", canção de abertura, "Só você", tema de Bernardo, e "Linda tão linda", tema de Bernardo e Cristiana.

Nossa, 2009 foi um ano que nos trouxe muita coisa positiva! Lembro que em março a gente estava na maior pilha, porque abrimos os shows da Simple Plan em São Paulo e no Rio. Isso foi marcante, porque tenho certeza de que as fãs do Simple Plan gostaram de nosso trabalho e passaram a acompanhar a Hori. Mandamos direito o nosso recado.

Um compromisso

Já que eu havia decidido que queria ser o maior artista do Brasil, tive que entender, aceitar e agradecer o que estava acontecendo. Para ser

COLE, DESENHE, RABISQUE

Espaço para você colar fotos e recortes, anotar pensamentos e desejos...

Agradecimentos

Nessa época conheci três pessoas que foram fundamentais na minha carreira de músico e pelas quais tenho muita gratidão pelo que fizeram por mim.

Uma delas é o Titto Valle, meu primeiro professor de canto. Ele me destravou. Com ele comecei a cantar de verdade. A música de *Malhação*, meu maior sucesso, eu fiz com ele. É um amigão até hoje.

Outra foi o primeiro produtor da Hori, Rodrigo Castanho. Ele um dia veio ao ensaio da banda e a gente não estava tocando nada. Estava tudo errado. Ele ficou o ensaio todo quieto, só olhando. Depois nos fez ver que nem tudo que fazíamos estava bom e mandou a gente reescrever letras e melodias. Ele ensinou muito a todos nós.

E o Júlio Salinas, que está comigo até hoje, conhece um monte de gente e me ajudou a melhorar a banda, me deu toques e me apresentou pessoas sérias e comprometidas com quem trabalhar.

o maior artista do país, eu tinha que firmar um compromisso comigo mesmo. Vou dormir pouco e ficar longe da família e das pessoas que eu amo. Vou ter que decorar trinta páginas de texto por dia, fazer três shows por semana. Não vou ter tempo pra mais nada, a não ser me dedicar, treinar canto, guitarra, bateria, estudar pra atuar melhor... Não vou poder ficar na balada até 3 da manhã e querer fazer um programa ao vivo às 7, não dá. Então, fiz um acordo comigo, e me comprometo com isso o tempo todo.

shows sempre cheias é uma emoção tão grande que não tenho nem palavras para explicar!

Logo em janeiro a banda foi escolhida a melhor banda da atualidade, através de votação do público pelo Portal Terra. A Hori ficou em primeiro lugar nas duas etapas da votação, concorrendo com 89 bandas de diversos gêneros musicais.

Ainda no primeiro semestre do ano, a banda participou da trilha sonora do filme *Eclipse*. Dei uma mergulhada profunda na saga *Crepúsculo* e fiz a música, a letra, o arranjo. As pessoas podem até criticar e tudo o mais, mas todos os filmes da série, a história, os personagens, os atores, tudo tem uma magia incrível. É um clima de romantismo, de conto de fadas, de amor à primeira vista. São cenas lindas. Adoro mistério, gosto muito de sedução... Queria ter tido tempo de ler os livros também, mas infelizmente não deu por causa do ritmo acelerado de trabalho. Só pude mesmo assistir aos filmes, mas entendi por que a molecada do mundo inteiro se apaixonou pela Bella e pelo Edward. É o resgate do romance, e foi isso que tentei passar na letra de "Eterno para você".

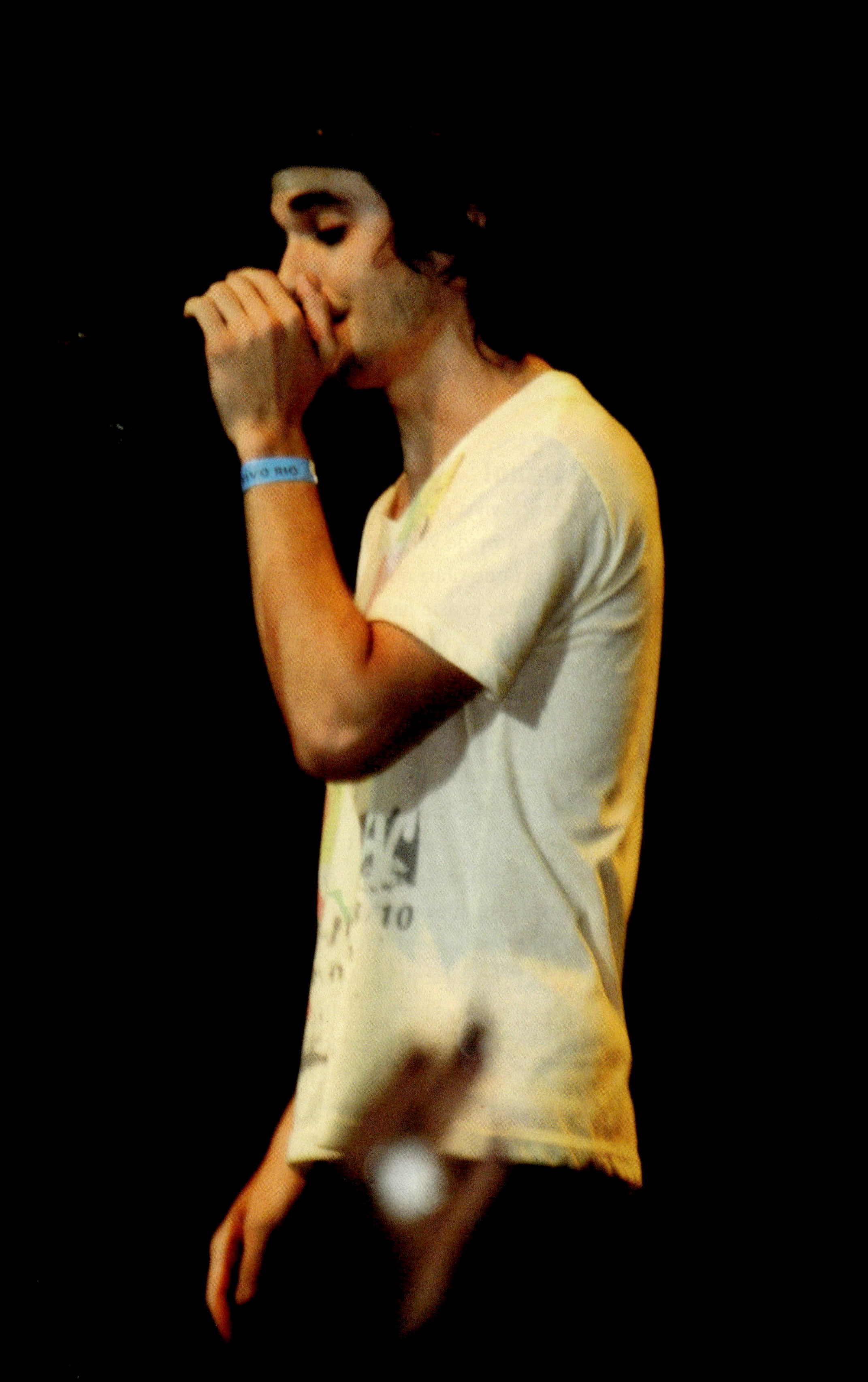

Como se não bastasse, mais para o fim do ano fui homenageado como ator pela minha atuação no *Malhação,* recebendo o Prêmio Jovem Brasileiro. Não tem preço receber um prêmio como esse. Ninguém imagina quanto trabalhei. Foi muito difícil, ao contrário do que muitas pessoas pensam, e receber os aplausos e o prêmio não tem preço! Até porque acredito que esse prêmio não é só meu, é de todos... de todas as fãs! Pertence a todas as pessoas que acreditaram em mim.

Trator – o retorno!

Quando eu era criança, vivia pedindo um trator de presente ao meu pai, mas um trator de verdade, os de brinquedo eu já tinha! Minha mãe sempre diz que tinha que comprar pra mim todas as miniaturas que eu via nas lojas e nas exposições agropecuárias. E meu pai diz que um dia pedi para pintar um trator de brinquedo e acabei pintando meu quarto, a grama e o cachorro... Essa coisa de trator é algo que vive presente em minha vida. Fui fazer um show em Santarém, um lugar gostoso, interior, lá na Região Norte. Assim que cheguei, vi um monte de tratores novinhos que a prefeitura tinha acabado de comprar. Pedi pra dar uma volta num deles. O pessoal de lá colocou um dos tratores num pedaço de terra e fiquei horas pilotando a máquina e pensando: "Há seis ou sete anos estava eu no sítio, sonhando com isso e em fazer shows com a banda, e hoje estou em cima de um trator antes de ir para um show". Quando voltei do rolê, a equipe inteira estava à minha espera para ir ao show. Muito doido. Mas, sem dúvida, uma sensação muito boa!

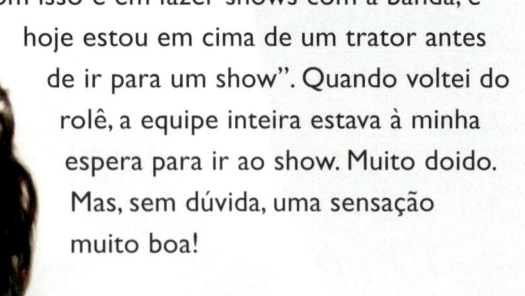

gaz+

Fiuk é o cara

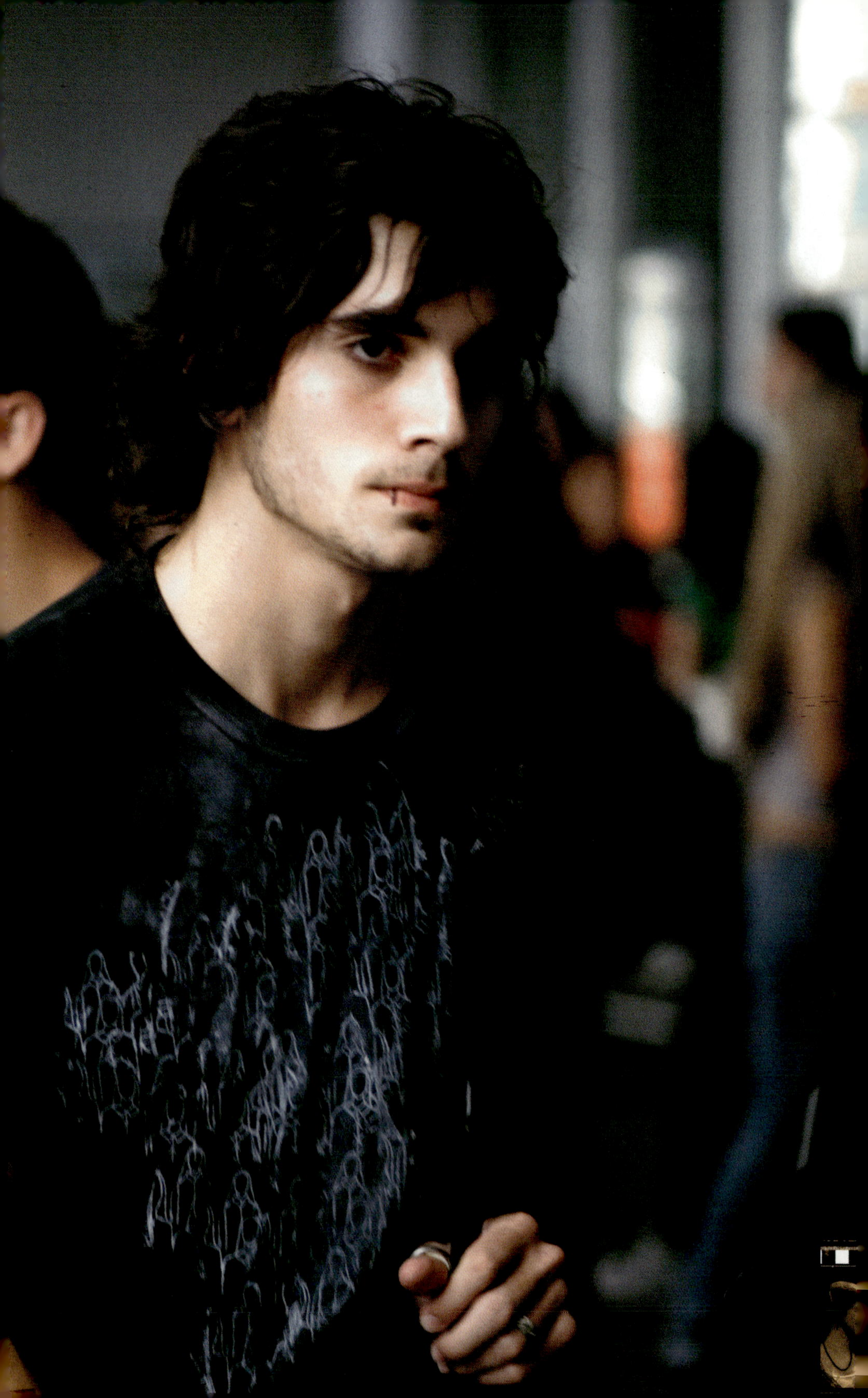

NA ESTRADA E NAS TELAS

Vou voltar um pouquinho no tempo porque preciso registrar o que aconteceu na minha vida em outra área que não a da música.

No começo de 2009, eu estava envolvido com os shows da banda, as gravações do CD. Um dia, a produtora do filme *As melhores coisas do mundo*, que conhecia minha família, mas não era tão chegada a ponto de estar sempre lá em casa, foi almoçar com um tio meu e perguntou por mim. Ela não me via desde que eu tinha uns oito anos. Meu tio contou o que eu andava fazendo, comentou da banda e tal. Nessa época, ela estava visitando escolas à procura de jovens que topassem fazer testes para trabalhar no filme, que seria dirigido pela Laís Bodanzky. Quando perguntou por mim, ainda não pensava em me chamar, embora achasse que meu perfil podia ter a ver com o filme. Tempos depois, um amigo falou de mim a ela por acaso e ela decidiu me chamar "oficialmente".

Aquilo foi novidade. Músico eu sempre quis ser, não há como negar

Nathalia Dill, eu e Francisco Miguez numa cena de *As Melhores Coisas do Mundo*

a influência paterna. Mas ator... Até aquele dia não tinha pensado muito nisso. Mas o convite me despertou a vontade, e, como gosto sempre de experimentar coisas novas, resolvi consultar uma pessoa muito querida: minha irmã Cléo. Ela foi a primeira pessoa com quem falei quando fui chamado para fazer o teste para o filme.

Liguei pra ela e perguntei se podia me dar uma dica, algum conselho. A Cléo me disse mais ou menos assim: "Irmão, seja verdadeiro e faça com amor. Acredite em você".

Haja fôlego!

Então, encarei. Cara, tinha muita gente pra fazer o teste! Depois fiquei sabendo que eles testaram uns 2.000 jovens. Passei por todas as etapas, fiz tudo direitinho, me dediquei, porque estava determinado a pegar aquele papel. Queria começar a carreira de ator com o pé direito.

Foram dois meses em que ralei muito e sem saber se ia ser escolhido. Aí, quando me escalaram para interpretar o Pedro, irmão do personagem principal, surtei. De alegria, claro, mas também de ansiedade: ficava pensando como iria conciliar as filmagens com as gravações do álbum da Hori, não parava de pensar como as pessoas iriam receber esse meu novo trabalho, como seria o laboratório... Eu tinha ouvido falar que, pra preparar os atores pra um filme, uma peça, os diretores propõem ensaios mais profundos sobre os personagens, pra destravar as emoções. Será que eu ia dar conta? Acho que a ansiedade é meu maior defeito, ela me domina às vezes...

> A Laís ficou impressionada, uma vez ela comentou: "Você é um cara emotivo, não tem medo de se emocionar. Não teve medo de se jogar num papel que não tinha nada a ver com você". Ela tem razão, eu sempre dizia sobre meu personagem: "Coitado do Pedro!".

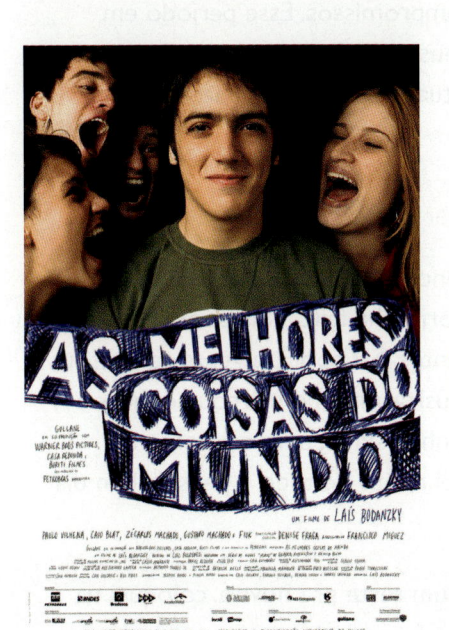

O papel que peguei era muito legal: Pedro, irmão mais velho de Mano, um jovem da classe média paulistana cujos pais estão se separando. Eu sempre quis ser o irmão mais velho, que é o guia, o cara que leva o mais novo pra balada. Mas ali era um lance diferente, mais pesado. Vivi coisas que nunca ia viver se não fizesse o filme. Porque você mergulha na história, e descobri que atuar não é fazer caras e bocas, e sim viver cada cena intensamente. Nesse filme, vivi demais cada instante. Na cena final, em que eu estava na janela, me envolvi tanto que fui ficando mal, mal, mal e puff... Apaguei! Por uns 5 segundos apenas, mas apaguei!

Foi surreal, aprendi muito. Trabalhar com o Caio [Blat], o Paulinho [Vilhena] e a Denise [Fraga] foi muito legal. Tive o maior apoio, e a Laís [Bodanzky] me ajudou muito. Não me canso de agradecer.

Agora, dá para imaginar a doideira que foi dar conta dos dois trabalhos ao mesmo tempo? Acordava às 4 da manhã, filmava o dia inteiro e depois ia gravar o CD à noite! Dormia só três ou quatro horas por noite. E comia no trajeto entre um lugar e outro. O produtor ficava com tudo pronto esperando eu chegar ao estúdio, porque não dava pra adiantar nada sem eu colocar a voz.

Foi uma fase que me deixou muito esgotado de tanto cansaço, mas nunca deixei de cumprir meus compromissos. Esse período em que tive que conciliar a vida de músico e de ator me preparou para o que viria a seguir, além de acentuar minha determinação e meu profissionalismo.

Na telinha

Certo dia, convidaram todo o elenco do filme pra fazer um teste para participar de *Malhação*. A Hori tinha feito uma ponta num dos episódios da novela alguns anos antes. Na época, a gente se limitou a subir num palco e tocar uma música, mas me marcou conhecer aquele universo onde eu nunca tinha estado, com os atores, as câmeras, os estúdios de TV. Gostei muito de tudo e pensei: "Um dia vou estar aqui".

Quando veio o convite pra fazer um teste pra novela, coloquei na cabeça que tinha chegado a hora e fui participar.

> *Fui lá, fiz o teste para o filme, passei*

5 TESTES!
Exclusivo! FIUK
Ele liga a webcam para você: "Sou 100% seu" Fooofo!!!
PROMOÇÃO Volta às aulas Concorra a um NETBOOK!!!
Astral dia-a-dia
Signo do mês TOURO Você tem um bom gosto invejável!
SUPER POSTER Fiuk +2 MINI POSTERS
Belo
Luan Santana
EX DE VOLTA Vale tentar de novo?
CIUMENTO? Os signos mostram como o gato é!
Especial! 6 TESTES conquista jeito de ser beijo
COMBINAÇÃO A sua alma gêmea pela vogal do nome
JOGO da PAIXÃO
60 dicas pra ganhar o fofo de
15 anos
Mãe é tudo... diferente
Entenda o que rola na cabeça da sua mãe – com dicas de filhas experts no assunto!
Os números e o amor
Descubra na numerologia se você combina com o gato
Fiuk
SEXY, LINDO E ROMÂNTICO, ELE DECLARA: "TRATO AS FÃS COMO SE ELAS FOSSEM A MINHA VIDA" (MORRI!)
10 looks cheios de atitude inspirados na história do rock!
Kristen: O namoro com Robert e o beijo em Dakota
Falamos com Miley Cyrus e Demi Lovato
gigante de eclipse
Teen
R$ 3,99
CONCURSO! Seja a estrela de um editorial de moda e ainda ganhe book, roupas, sapatos e celular
Fiuk
Em ENTREVISTA e FOTOS EXCLUSIVAS, o gato fala sobre a sua nova fase e do reality show que vai encarar em breve
Temporada fashion
Looks de inverno e o visual da Miley e da Demi para copiar
Adeus, volume: 14 dicas para controlar os fios
Superpôsteres + Big fotos
contigo!
OS LOOKS DO FESTIVAL DE VENEZA
SERTANEJO LUAN SANTANA FALA SOBRE AS FÁS: "TALVEZ PUDESSE ROLAR UM NAMORO"
QUEM
fenômeno Fiuk
CAPRICHO
14 ideias de moda e beleza para curtir o Carnaval
Fiuk
PRIMEIRA MÃO
SOPHIE CHARLOTTE CONTA DETALHES DE SEU NAMORO COM MALVINO SALVADOR
EXCLUSIVO
ZEZÉ DI CAMARGO & LUCIANO EM
CAPRICHO edição especial
Abril
FIUK
A trajetória emocionante do cara que conquistou o Brasil
137 Fotos para você sur-tar!
LUIZA BRUNET
ELETTRA, A NETA DE INGRID BERGMAN
MEGAPOSTER Fiuk
2,99
Super Fiuk "Prefiro namorar" Essa e outras declarações incríveis do gato
FIUK E VERA ZIMMERMANN, mãe e filho em Malhação
Hebe deixa escapar: Ivete Sangalo será mamãe novamente!
Médium recebe mensagem psicografada e revela:
ESPÍRITO DO PAI DE FÁBIO JR. É O GRANDE PROTETOR DE FIUK!
Fiuk
do gato e outras curiosidades
2,99

MALHAÇÃO

Passei no teste e minha vida nunca mais foi a mesma.

Dizer "passei no teste" é um modo suave de descrever as coisas... Além dos testes com câmera, ainda tive que passar por entrevistas e dinâmicas de grupo. Não foi fácil, mas cheguei lá. Saí de São Paulo e fui morar no Rio de Janeiro, e de repente, meio sem querer, depois que *Malhação* entrou no ar e o filme estreou nos cinemas, virei capa de todas as revistas!

Até então a Hori fazia uns quatro shows por mês, com um público de quinhentas pessoas. Do dia pra noite, passamos a fazer dez shows, com público de 6.000 fãs em cada um!

Fogo mesmo, foi aguentar as saudades da família e dos amigos de São Paulo. Fiquei mais de nove meses no Rio de Janeiro, gravando de segunda a sexta.

No começo foi complicado decorar os textos do Bernardo, o personagem que eu fazia. Mas certa vez passei por uma prova de choque: eles me deram trinta cenas pra gravar num só dia e depois entraram mais cinco cenas novas, que precisei decorar na hora!

O fato de estrear na TV como protagonista e ser filho de meu pai acabou chamando a atenção do público e da imprensa. Mas não tive medo de comparação com meu pai. Afinal, ele é meu ídolo, e foi uma honra ser comparado a ele. É natural as pessoas compararem, não tem jeito!

Trabalhar em *Malhação* representou muito pra mim e pra minha carreira. Foi assim que o Brasil ficou me conhecendo. Só tenho a agradecer a oportunidade que tive de trabalhar na novela. Agradeço sempre a todo mundo que fez parte daquele momento da minha vida. Eu não esperava fazer tanto sucesso com tão pouco tempo de carreira, mas sucesso se conquista a cada dia e ainda tenho muito a aprender.

A fama não me incomoda, sinceramente. Eu sempre soube o que queria pra minha vida e como seria isso. Então, enfrento numa boa as consequências de ser um cara conhecido. Acho ótimo, mesmo não podendo mais ir ao shopping ou curtir um barzinho com os amigos.

Quando minha participação na novela acabou, pensei: "Tudo tem um lado bom e um lado ruim". Fiz exatamente tudo o que eu queria ter feito. Então, saí totalmente tranquilo, leve e bem. Esse foi o lado bom. O lado ruim foi que, durante aqueles nove meses, convivi mais

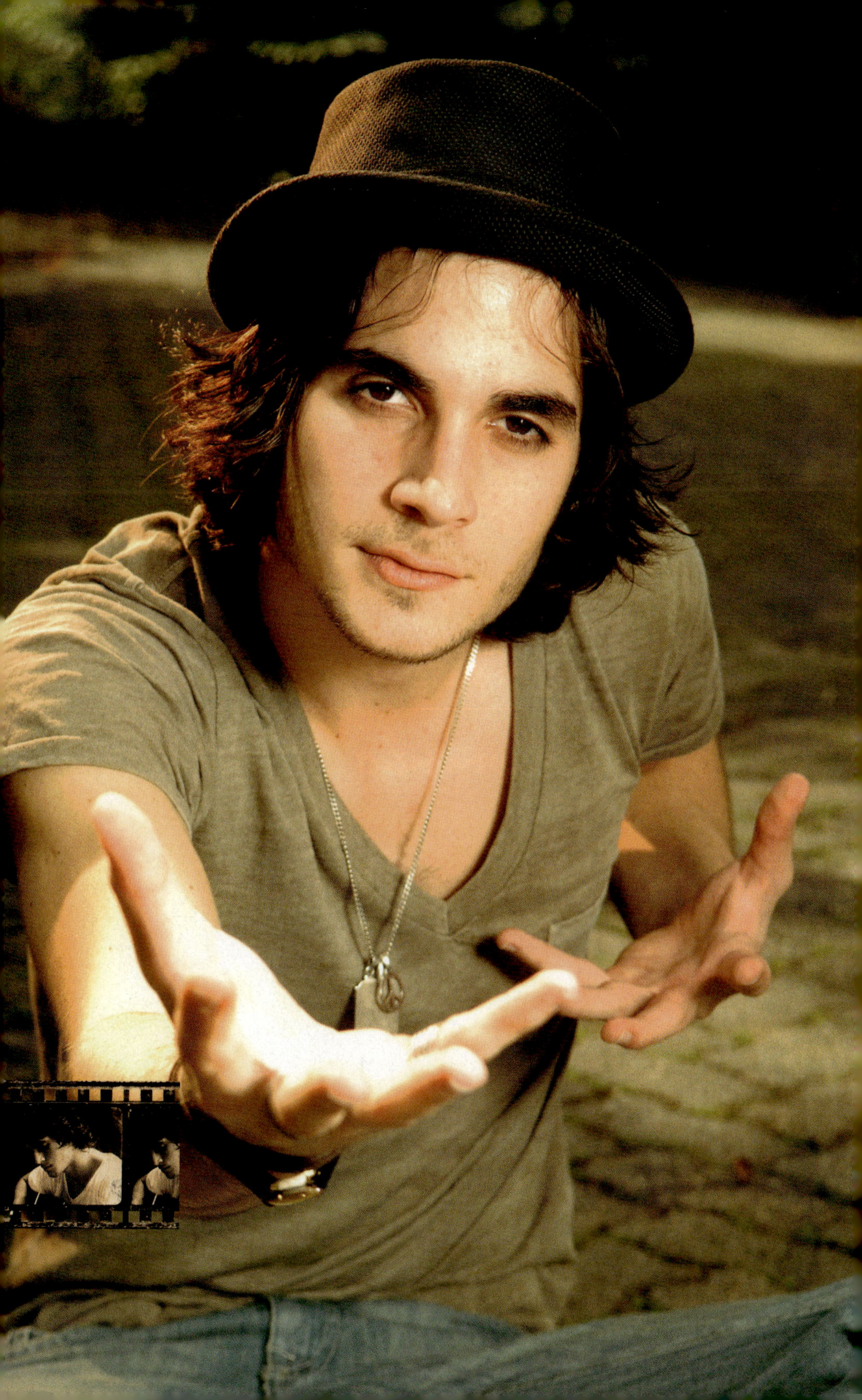

> Como sempre sonhei ser artista, não me desvio desse caminho

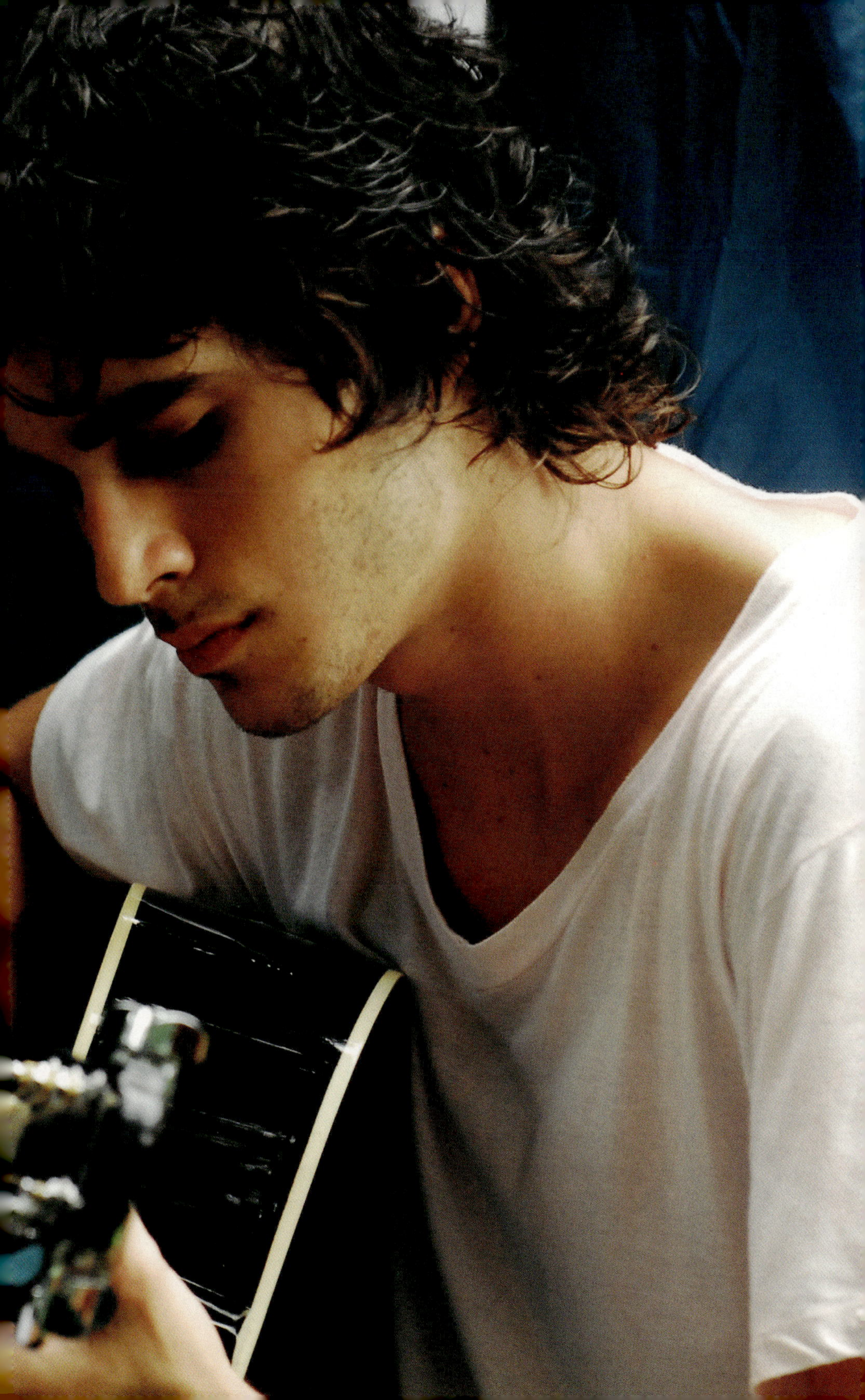

Em *Malhação*, precisei voar de balão numa cena. Foi louco demais!

com a galera do Rio de Janeiro, da TV, do que com a minha mãe, meu pai e o pessoal da banda. Mas o fim das gravações me pegou pelo lado emocional, porque a nossa equipe era muito unida.

Foi quando escrevi um recado no meu twitter para todas as minhas fãs, que respeito demais:

"Hoje [se] encerra uma grande etapa na minha vida. Coração na boca total. [O]Brigado pelo carinho de vocês, as críticas, os elogios, amor. Aprendi muito com vocês, e continuo aprendendo."

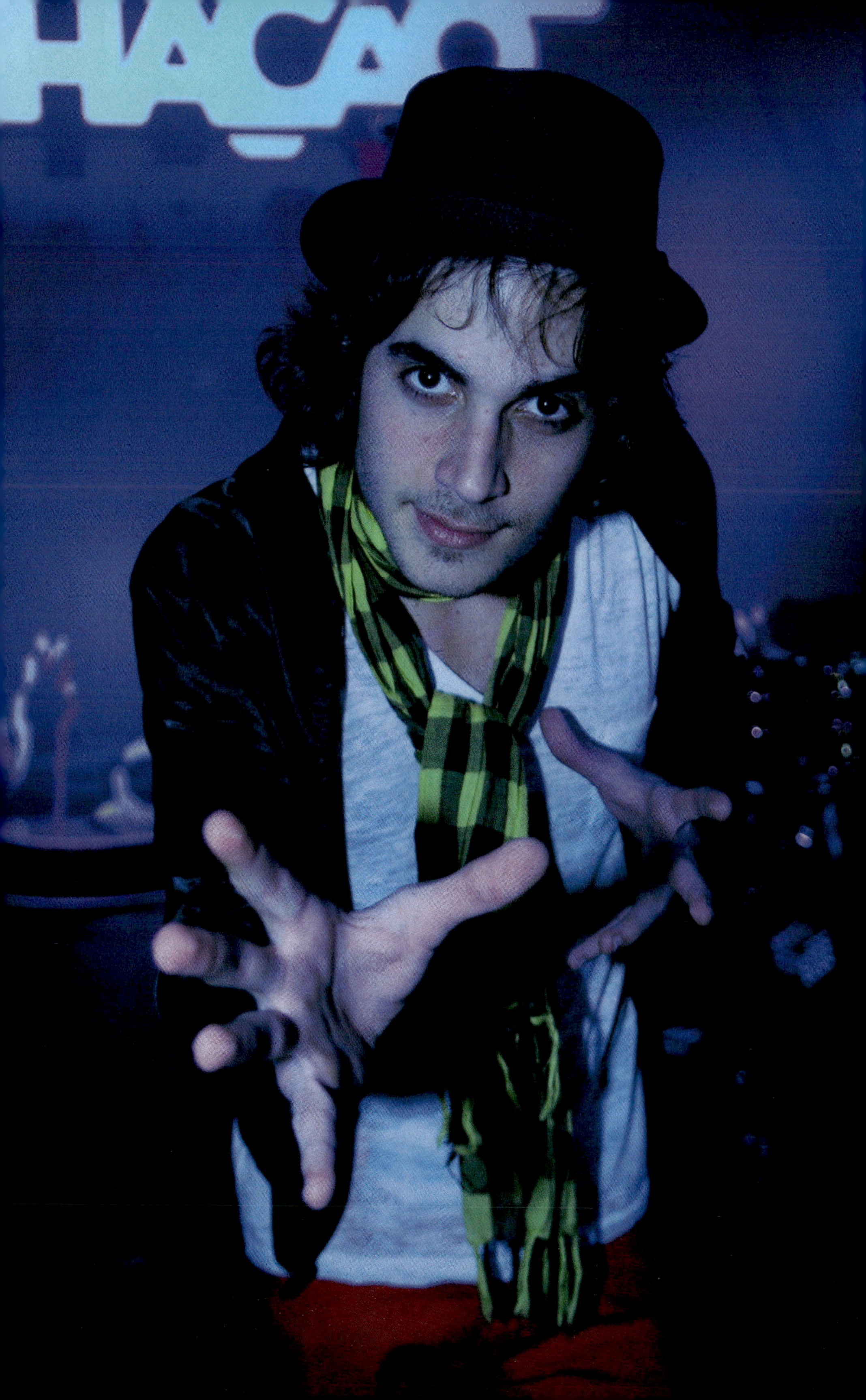

Tive dois momentos diferentes em *Malhação*. O primeiro foi uma ponta com a Hori num episódio, depois veio meu personagem Bernardo.

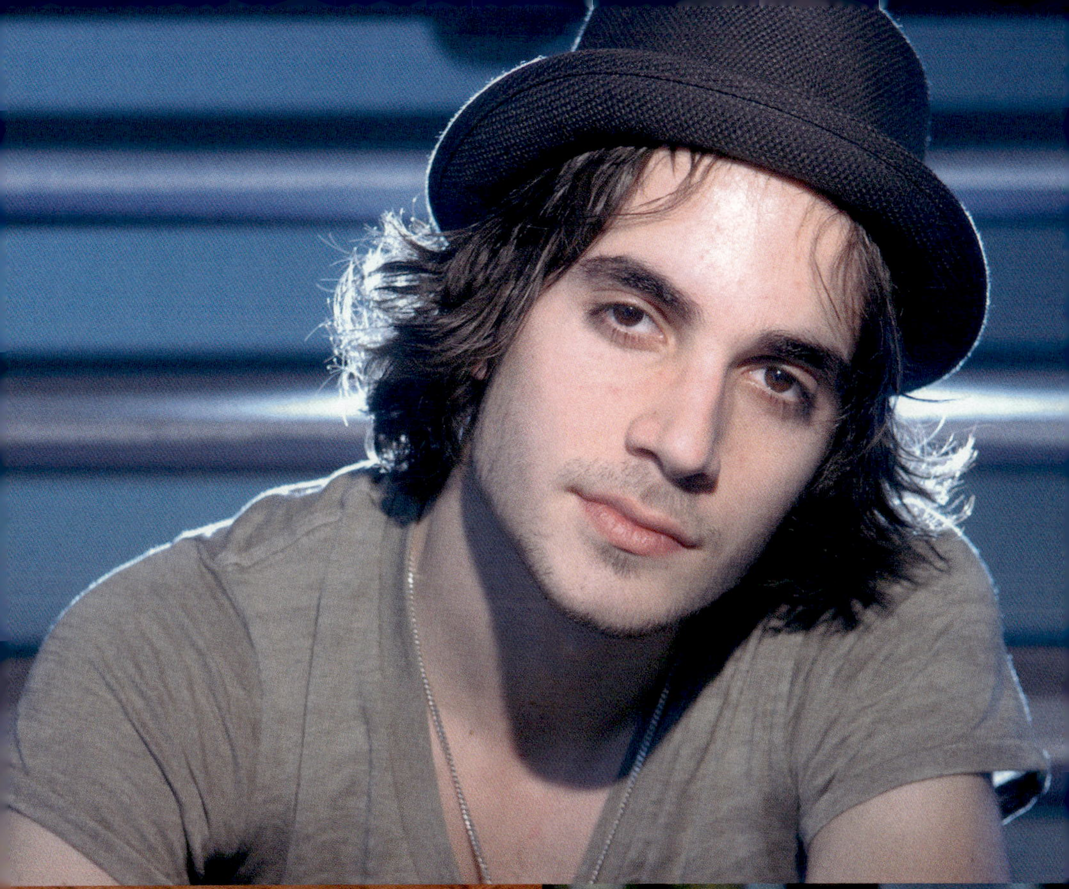
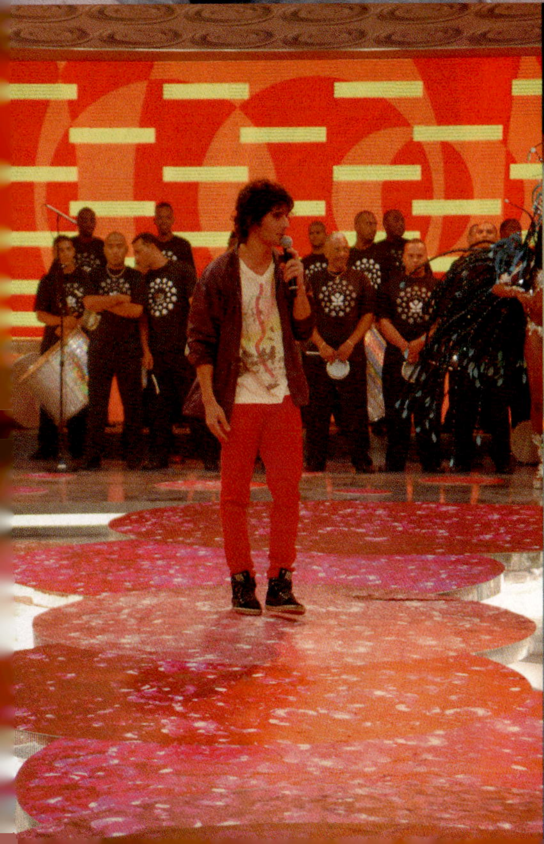
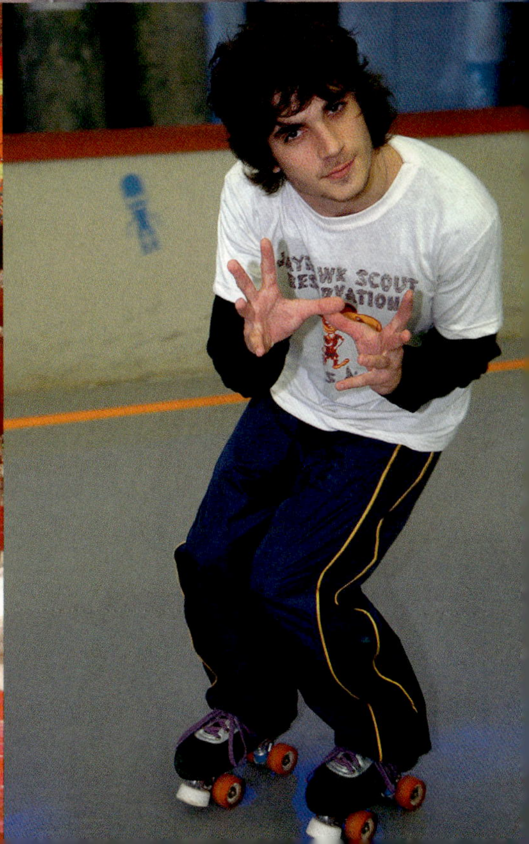

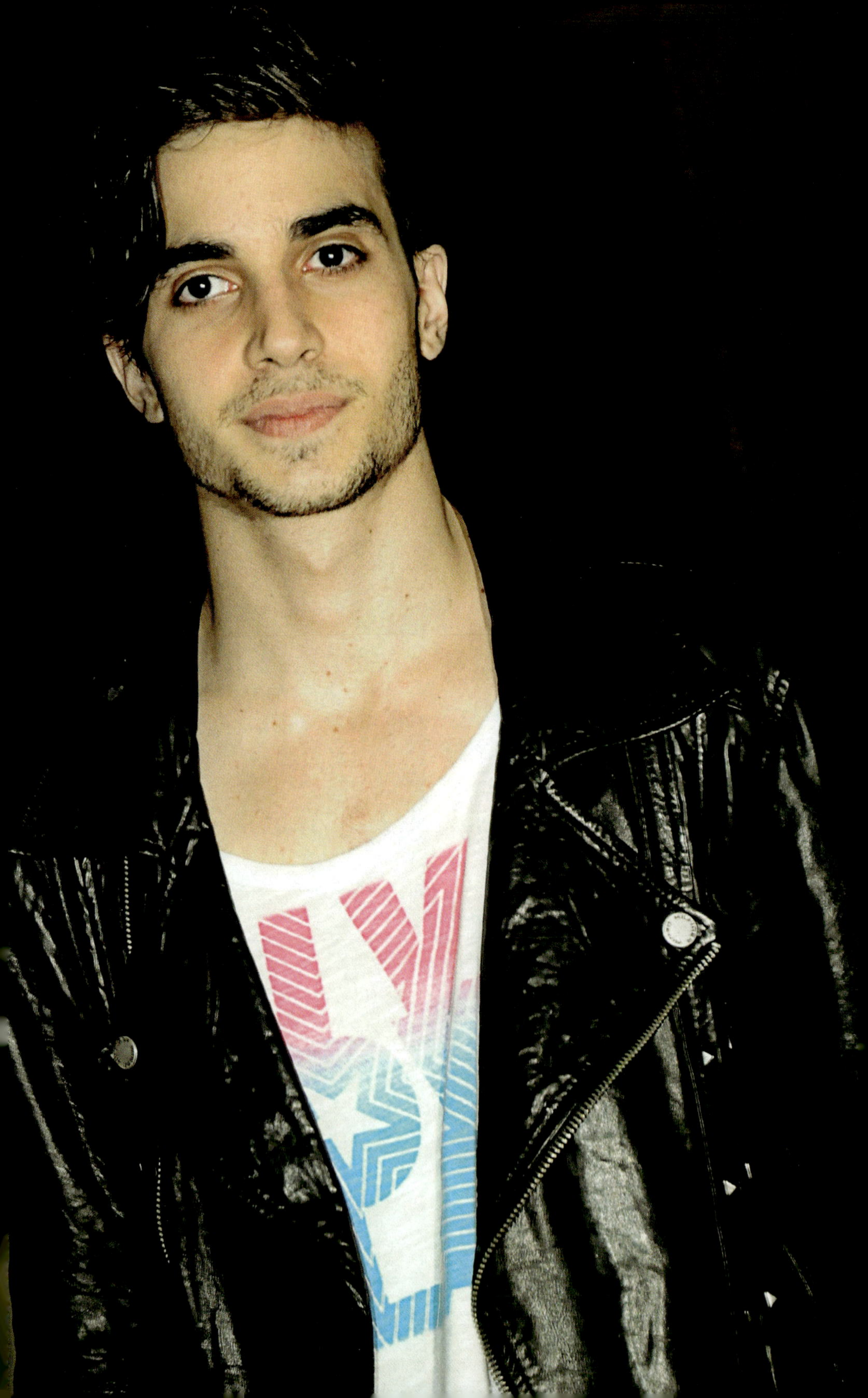

MINHA GRIFE

Sempre fui ligado em moda, porque entendo que essa é uma forma de você botar para fora o que você é. Não sou um especialista, desses que sabem os nomes de todos os estilistas e essas coisas todas da indústria, mas sempre gostei de roupa. O jeito que eu me visto tem tudo a ver com a mensagem da minha grife: "Live, Love, Play". É uma mensagem bacana, saudável, leve. Por isso mesmo, por curtir tanto moda, quando no primeiro semestre de 2010 recebi o convite de parceria para lançar a N.G.C.H. for Fiuk, topei na hora. O legal é que aquilo que minha grife produz tem tudo a ver comigo. Tenho participação total, desde o corte até a escolha da cor e da estampa do tecido, tudo.

Para mim, tudo pode ser uma inspiração, desde uma pintura até um artista, o que me ajuda muito nas criações da grife.

Mesmo antes de a grife existir eu já impunha meu estilo. Tanto que o Bernardo de *Malhação* tinha o mesmo estilo do Filipe ou do Fiuk da Hori. O relógio colorido, a camiseta com decote grande e a calça skinny colorida são o que uso no dia-a-dia.

Pra mim, a roupa também pode ser uma definição daquilo que eu quero do mundo! Ao invés de ser neutro, cinza, se você gosta de cor use roupas coloridas, porque a roupa ajuda a definir também sua personalidade e seu caráter.

E a roupa para mim tem muito a ver com meu momento. Antes de *Malhação* eu só usava preto e branco e chapeuzinho. Quando trabalhei na novela fiquei totalmente colorido. Agora que saí de *Malhação,* estou mais rock'n'roll.

COLE, DESENHE, RABISQUE

Espaço para você colar fotos e recortes, anotar pensamentos e desejos...

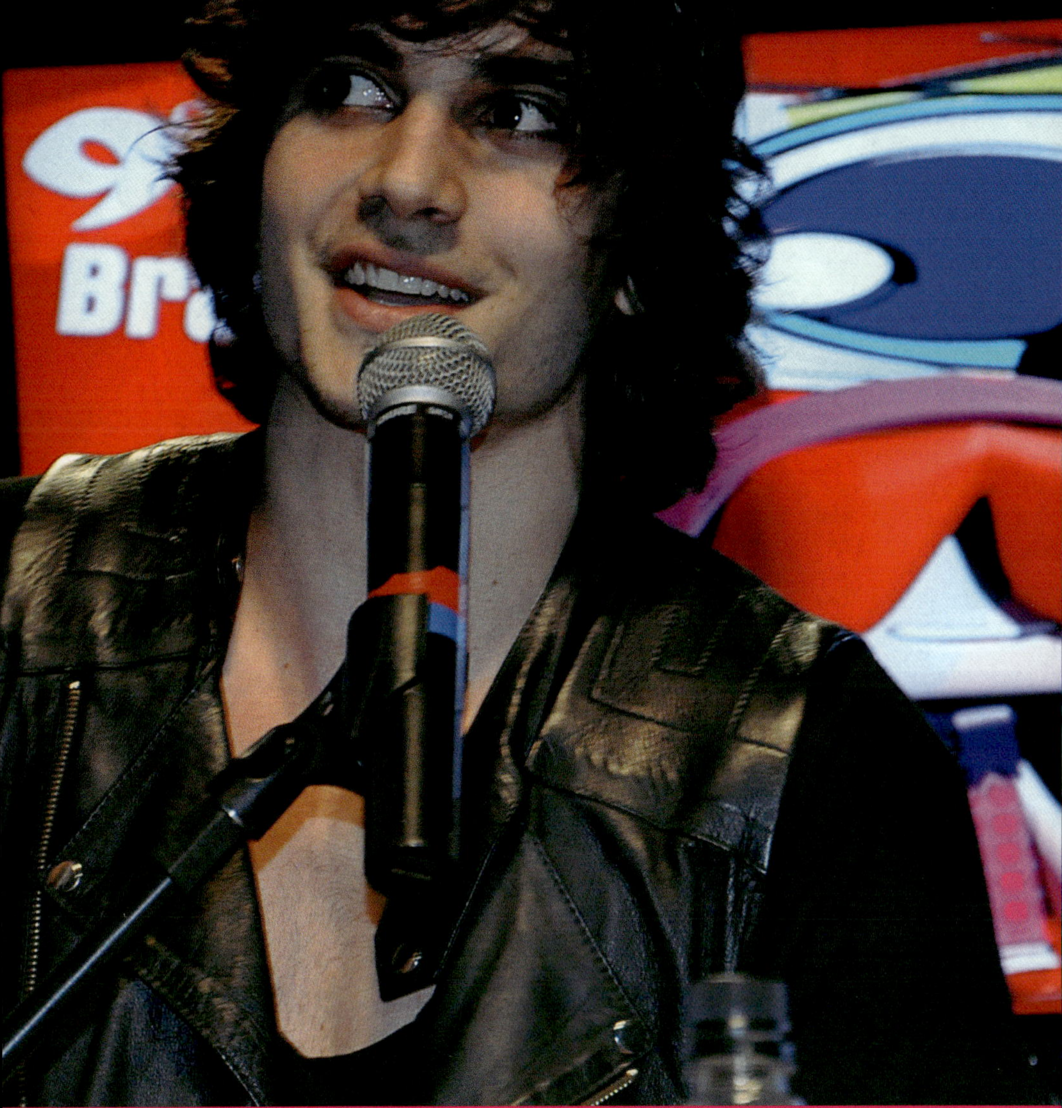

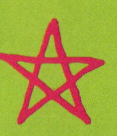

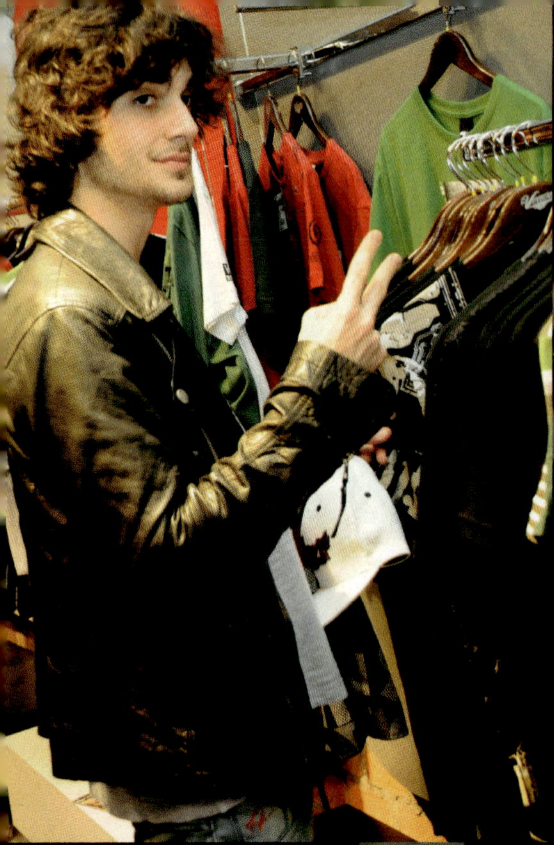

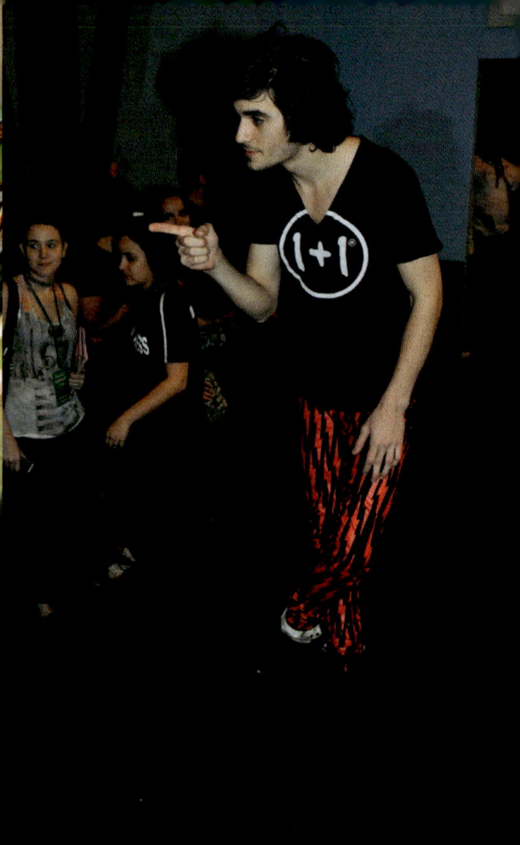
1+1

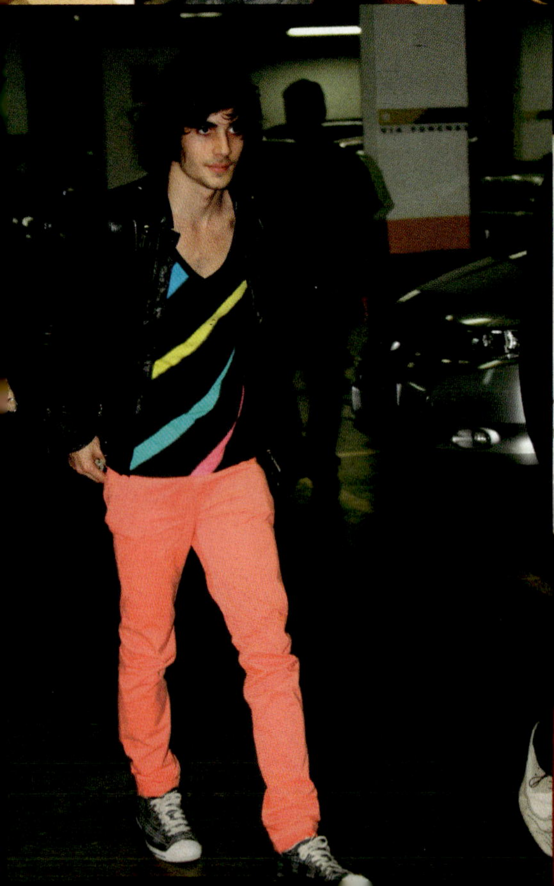

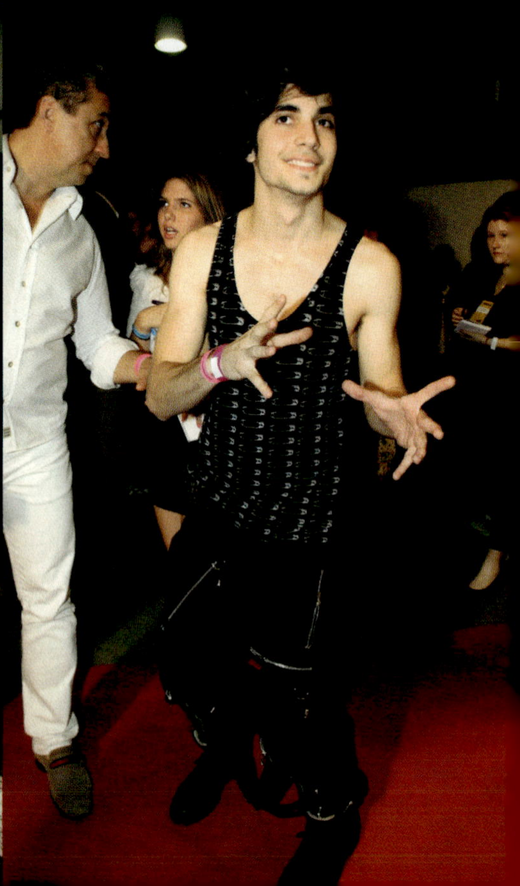

> A gente tem que usar uma roupa sem pensar no que o outro vai achar

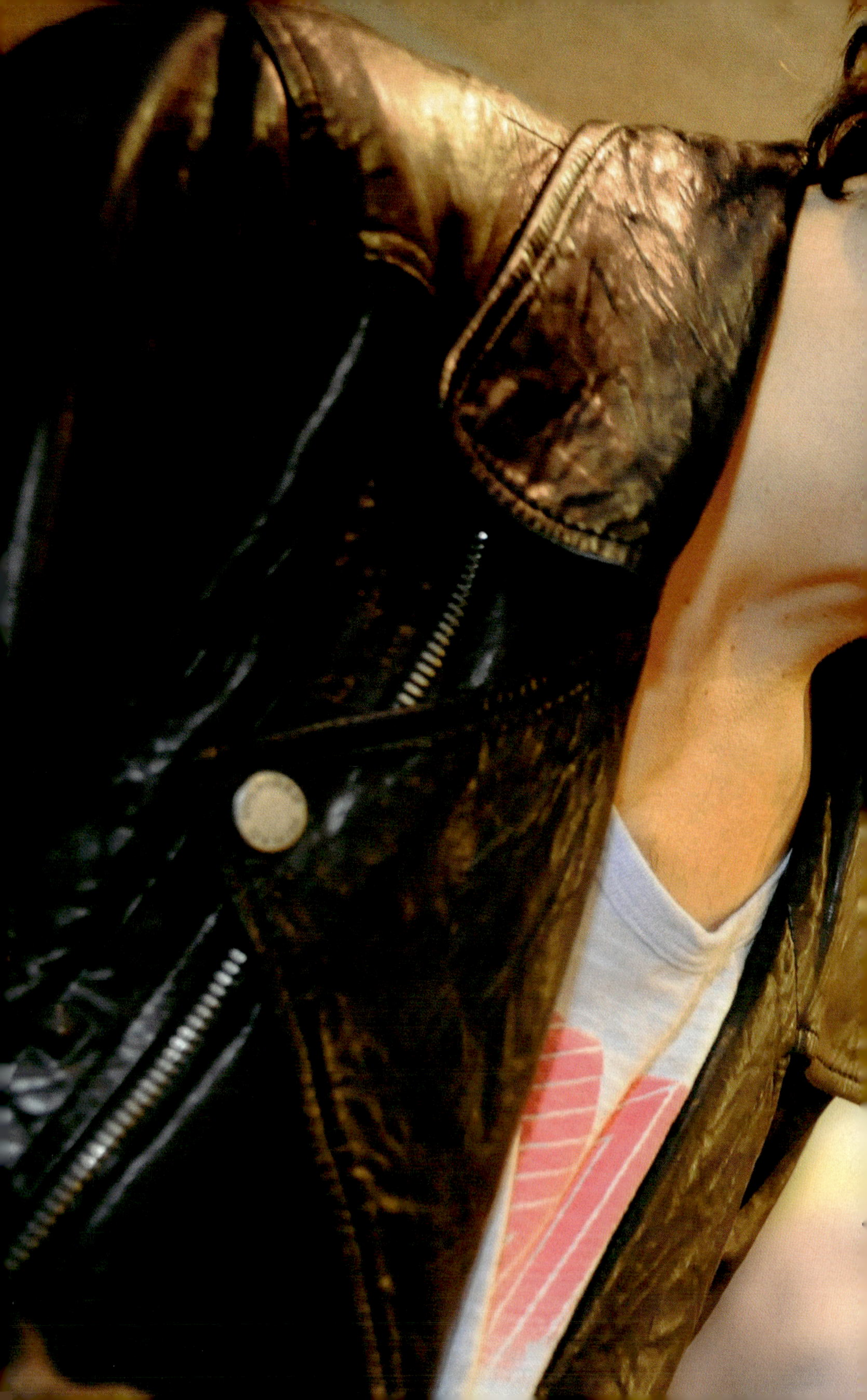

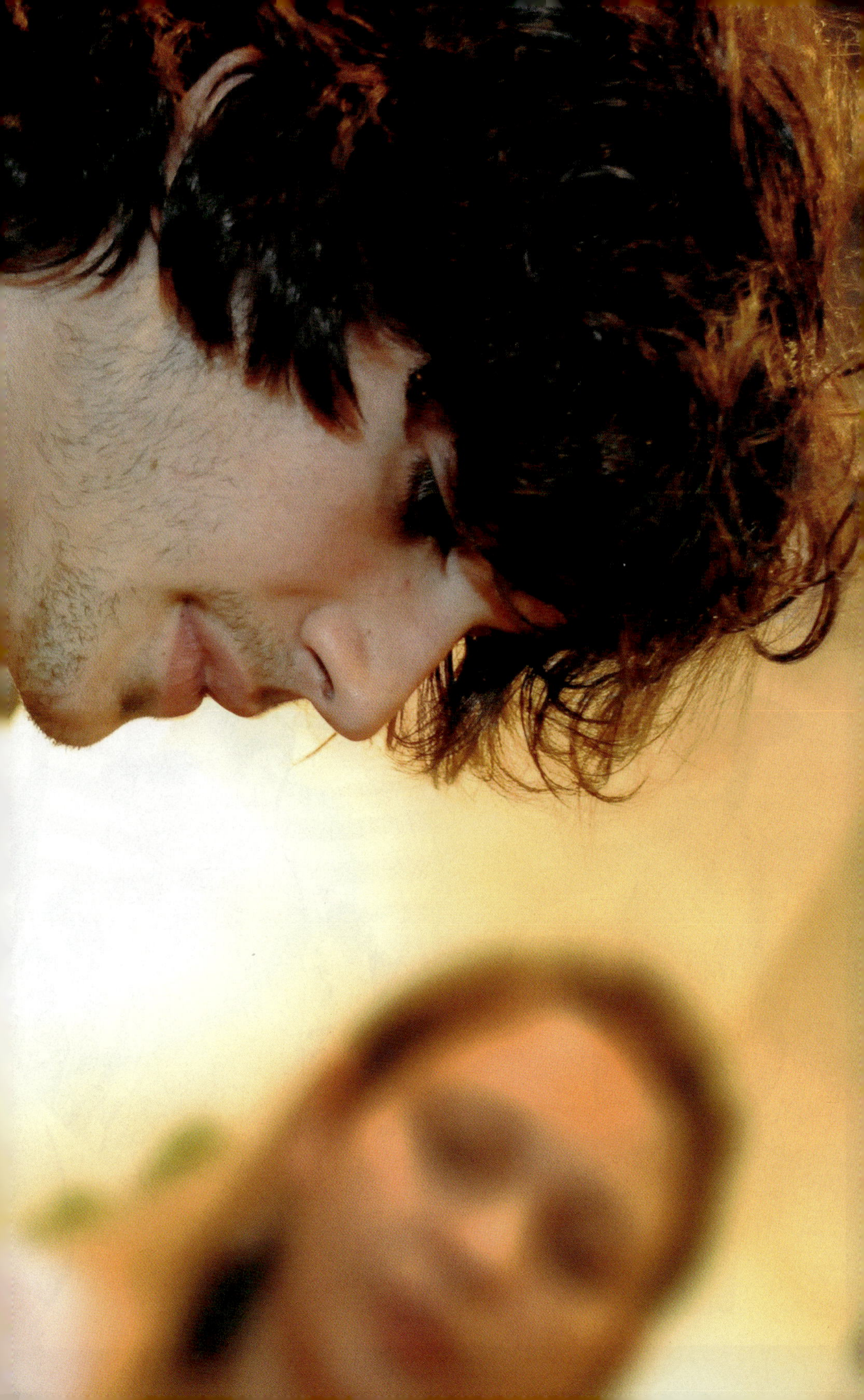

Por gostar de roupas, curti fazer um editorial de moda para uma revista.

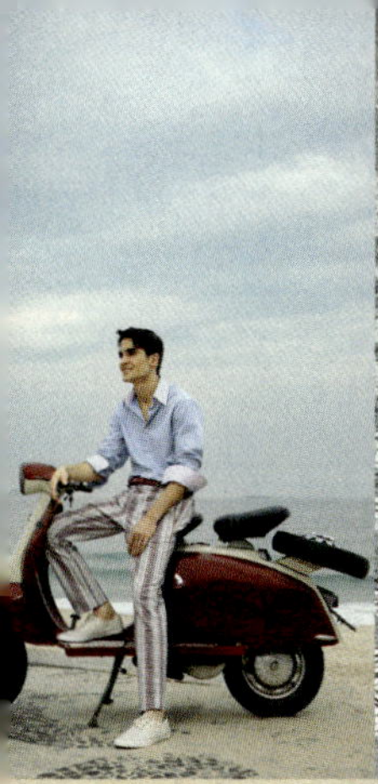
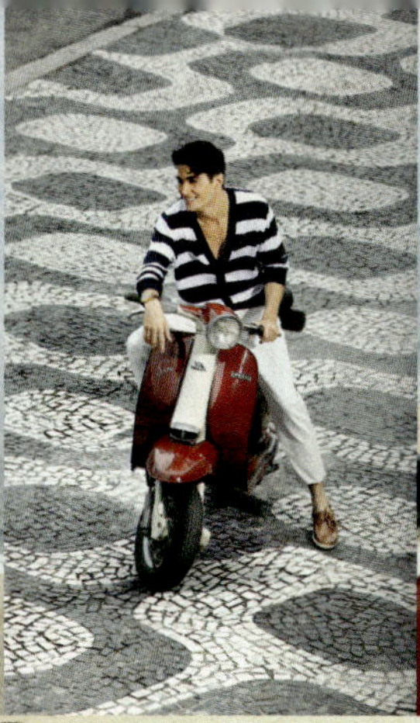
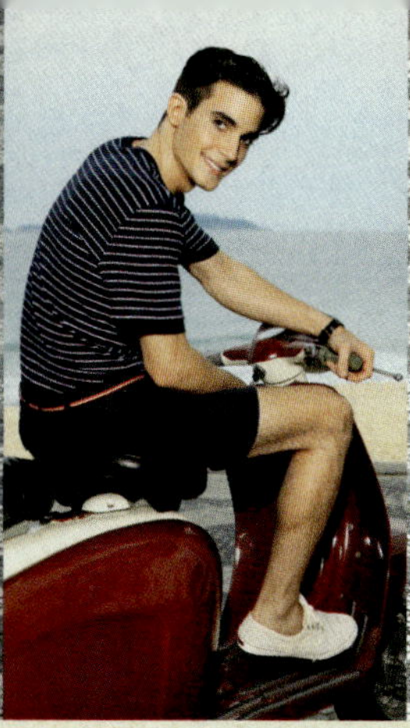
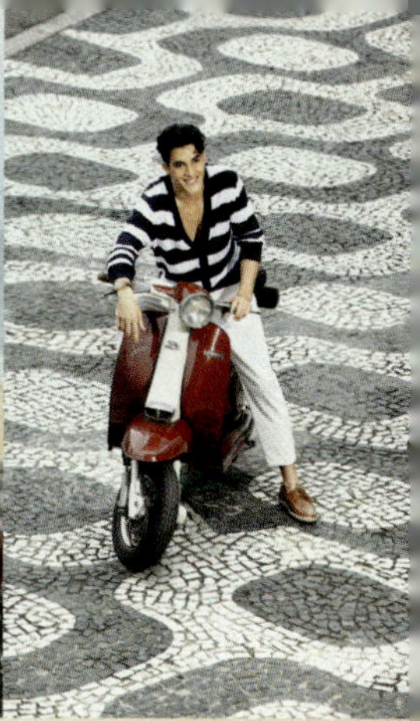
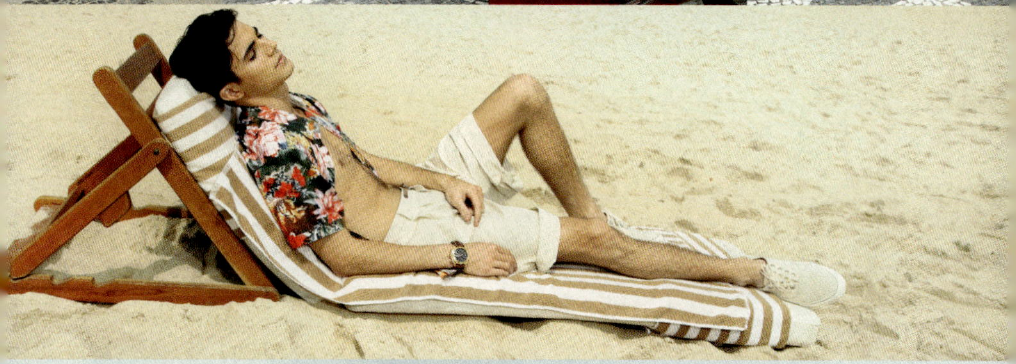
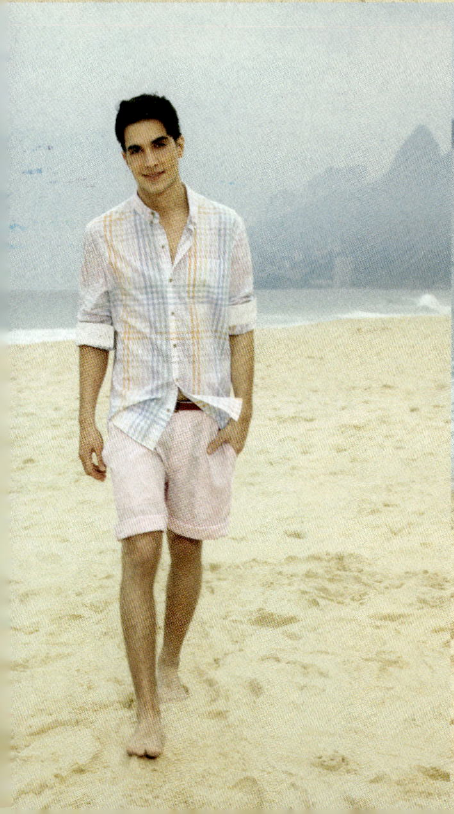
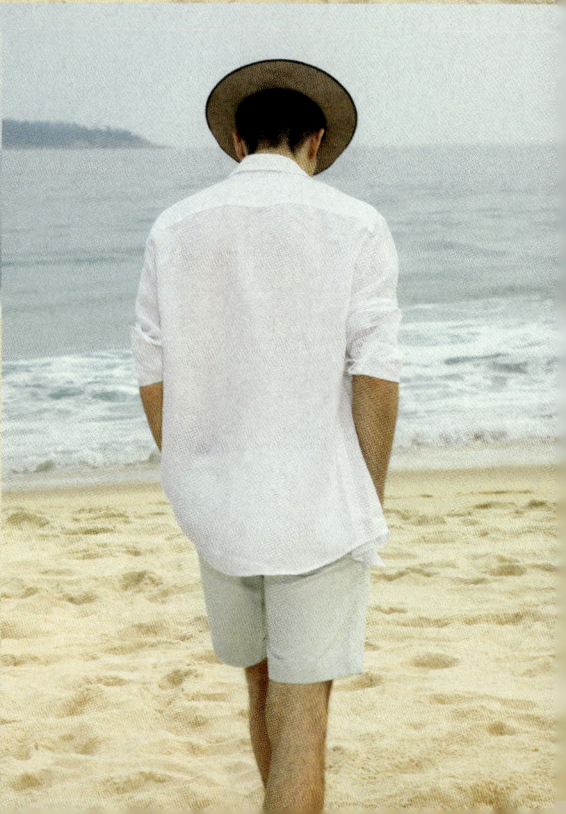

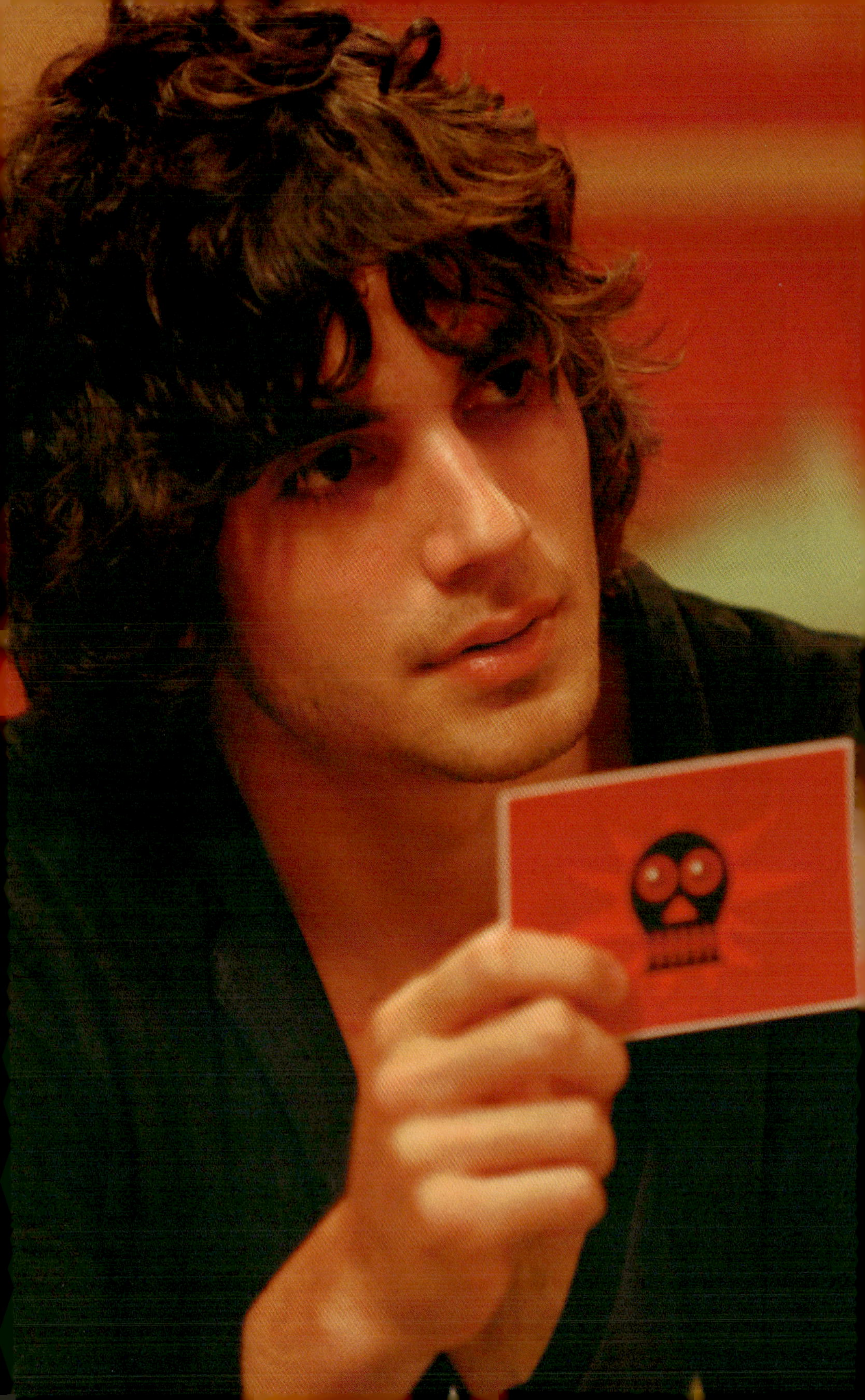

O JOGO DA VERDADE

As gravações de *Malhação* estavam no fim quando pintou outra oportunidade na TV: um quadro no *Fantástico!*

Naquele primeiro domingão de agosto, o quadro estreou, e eu também estreei sob um novo ângulo, nem como cantor e nem como ator, mas como uma peça de um jogo diferente. Nossa, foi doido! O "Jogo da Verdade" foi um novo quadro indicado para teens, já que mostrava o cotidiano de cinco jovens, de quinze a dezenove anos de idade, com diversas dúvidas comuns sobre o futuro.

E, para trocar experiências, eu "brincava" com quatro jovens de jogo da verdade, tipo "verdade ou desafio", falando de temas como orientação profissional, liberdade,

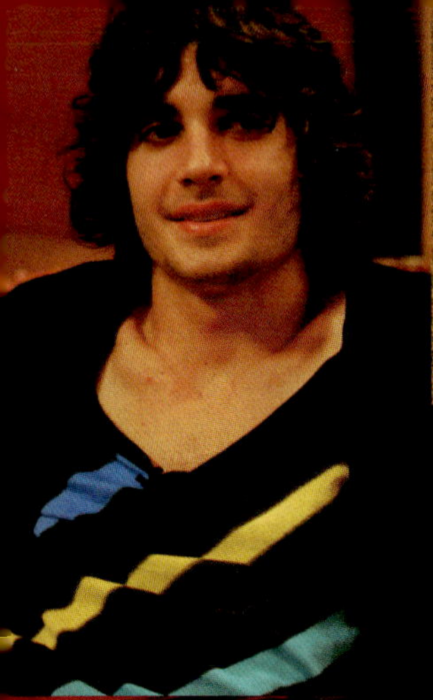
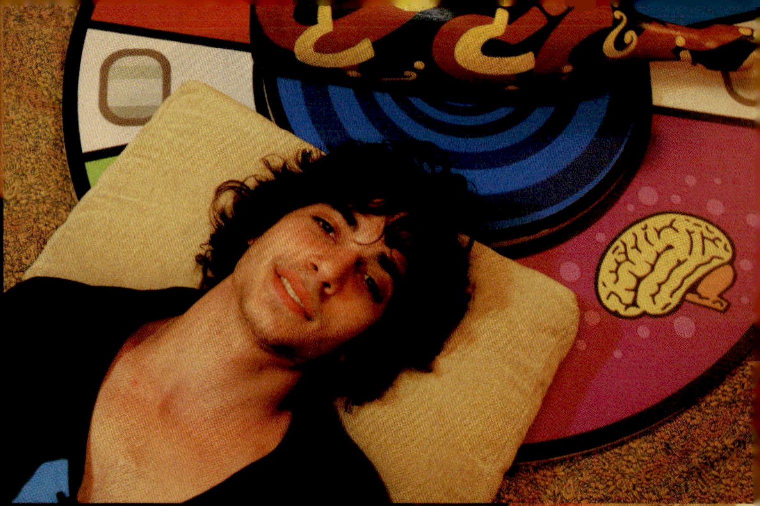
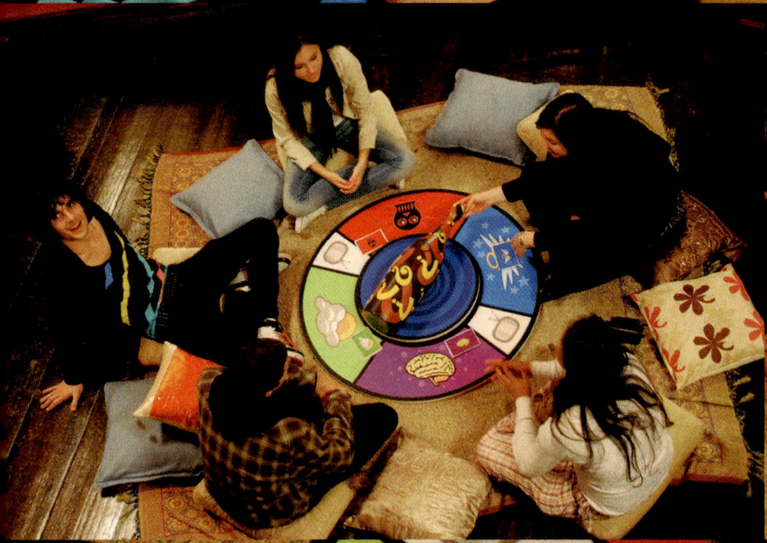
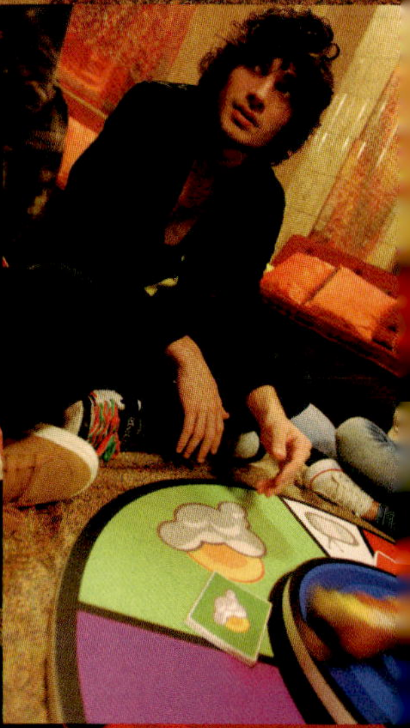
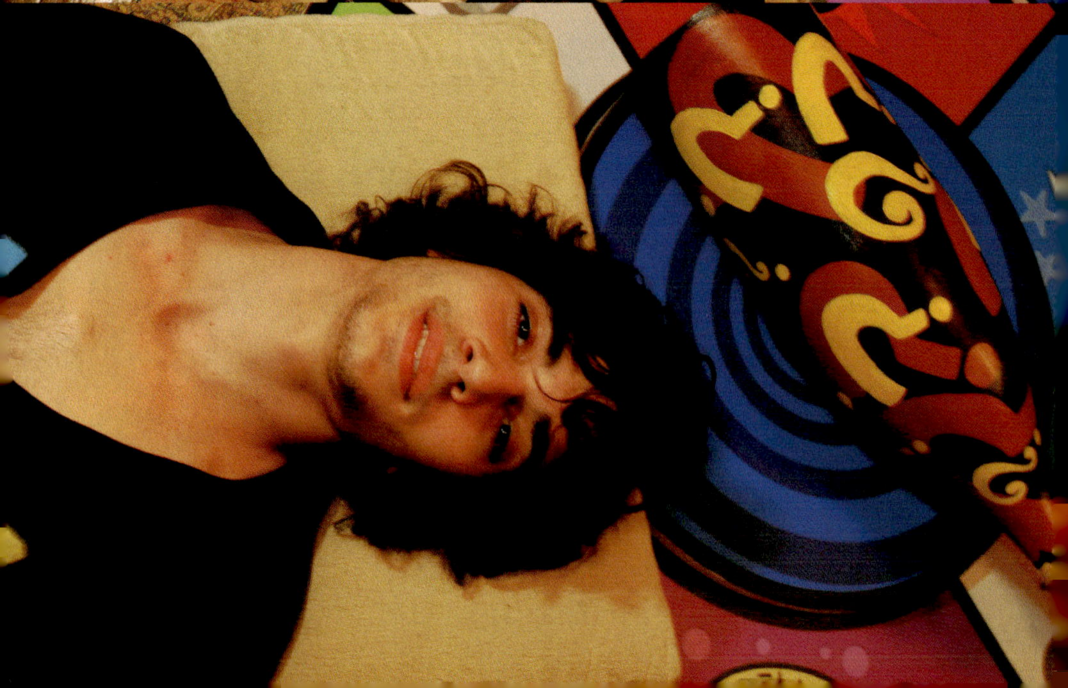

internet, relacionamento, família, autoconhecimento, entre outros. Bem legal!

2010: um ano de muitos prêmios

Nem acreditei quando vieram me contar que tinha ganhado o prêmio Jovem Brasileiro de melhor ator do ano por *Malhação*. Ao subir no palco no dia da premiação, não pude deixar de agradecer aos fãs via twitter:

"Ganhei o prêmio de melhor ator no Premio Jovem! Brigado, brigado e brigado! Vcs são demais. Esse prêmio é de vcs".

Outra premiação que me deixou muito emocionado foi, também pelo papel de Bernardo, o troféu de Ator Revelação Contigo. A festa foi no Copacabana Palace, no Rio de Janeiro, e nem acreditei que estava no meio de meus ídolos, atores feras como Tony Ramos e Mateus Solano! Como não podia deixar de ser, dediquei o troféu a meu pai, que é meu mestre.

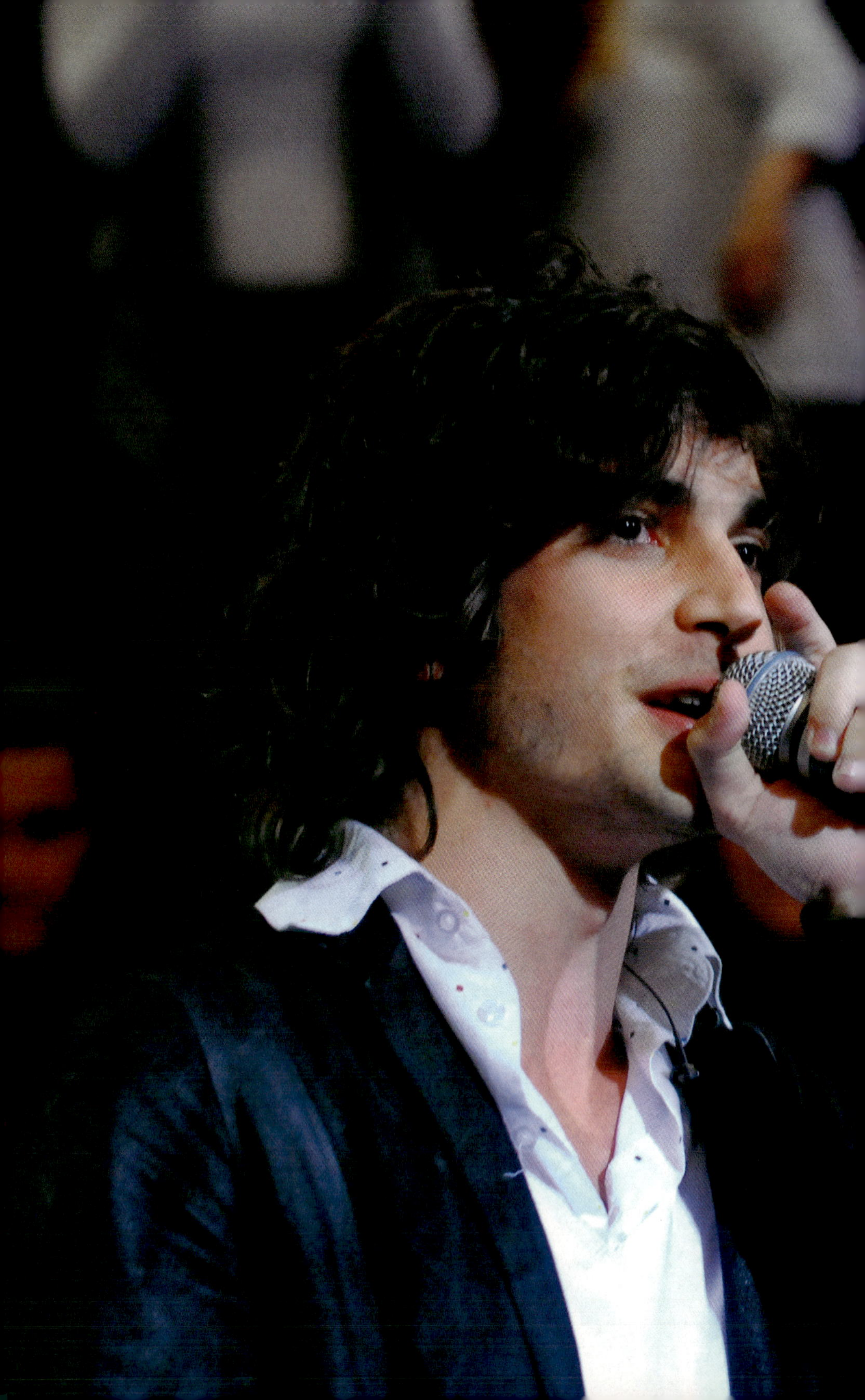

Acho gozado meus amigos dizerem que sou "pé quente"! Isso porque o filme *As melhores coisas do mundo* ganhou oito prêmios no Festival de Cinema de Recife. Caramba, oito! Entre eles, o de melhor filme, direção (Laís) e melhor ator (Francisco Miguez, meu "irmão" Mano). Fiquei muito feliz por eles, essa galera merece!

BEM QUE EU TE AVISEI
MAS VOCÊ NÃO QUIS
ME ESCUTAR
SEI, TAVA TUDO BEM
MAS O AMOR É LEI
É COMPARTILHAR
QUEM AMA DESSE JEITO
TRAZ TANTO AMOR NO PEITO
TANTA SOLIDÃO
BEM QUE EU TE AVISEI
EU ME ENTREGUEI
E VOCÊ NÃO
MAS, O AMOR É MAIS
É MUITO MAIS DO QUE PAIXÃO
SEM EU PERCEBER
O QUE ERA LUZ
HOJE É ESCURIDÃO
QUEM AMA DESSE JEITO
TRAZ TANTO AMOR NO PEITO
E TANTA SOLIDÃO

BEM QUE EU TE AVISEI
EU ME ENTREGUEI
E VOCÊ NÃO
MAS, O AMOR É MAIS
É MUITO MAIS
DO QUE PAIXÃO

O Amor é Mais
Filipe Galvão (Fiuk)
Fábio Jr e Silvio Brito

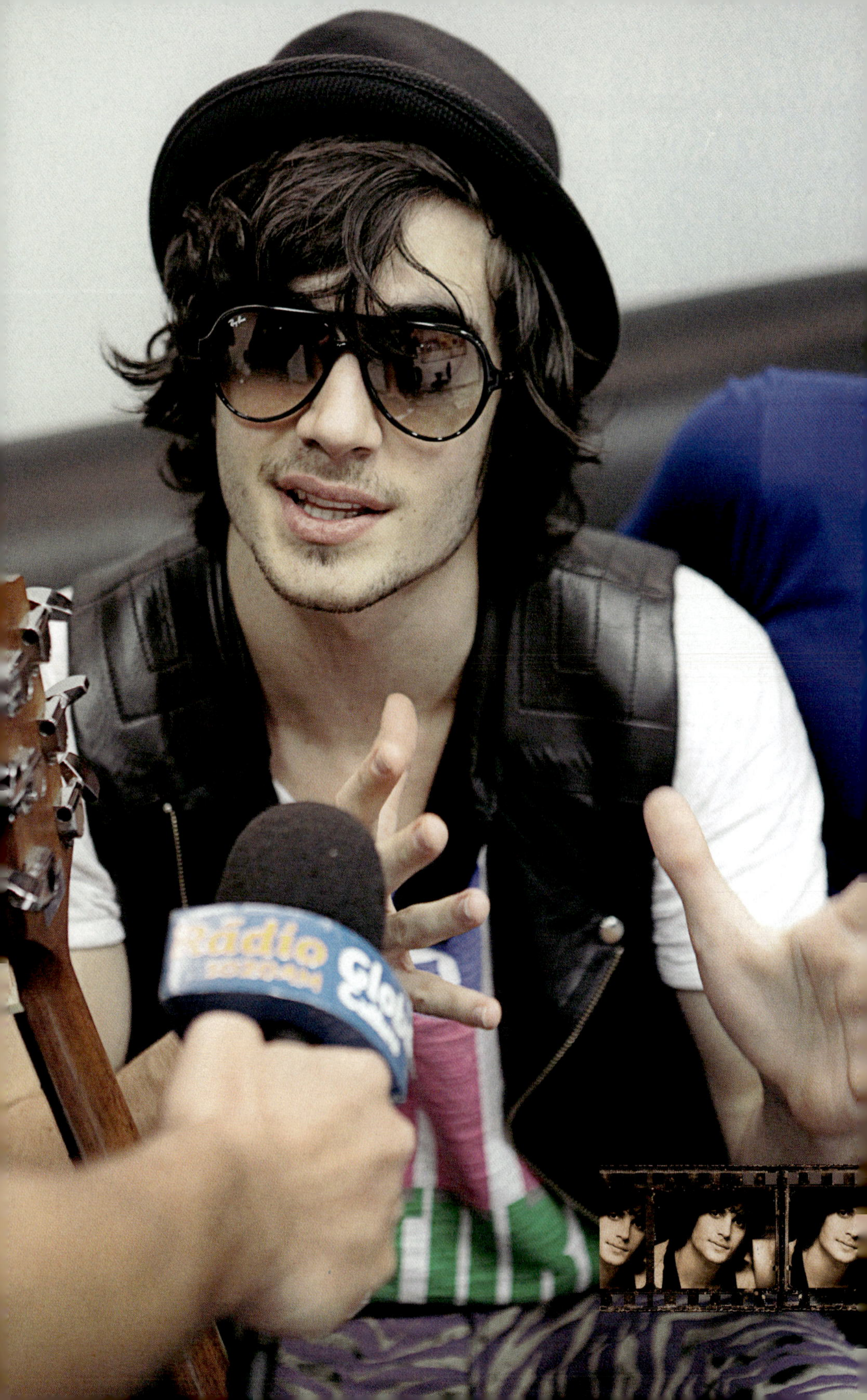
Rádio

FIUK POR FIUK

Reflexões que faço quando estou sozinho, pensando sobre a vida, as pessoas, o mundo...

Realizações De vez em quando me olho no espelho e penso que estou vivendo um sonho. São muitas as coisas que consegui realizar: ter o prazer de conviver com os fãs, ter a ajuda de meu pai (e poder ajudar o velho também, por que não?), poder cantar e agora atuar... Nossa, é tanta coisa boa! É a vida que pedi a Deus...

Assédio dos fãs Adoro todo tipo de assédio e absorvo bem as críticas. Quando estou na rua, sempre alguém me pede autógrafos ou para tirar fotos. Trato os fãs sempre muito bem.

despertam algum sentimento. Falo de amor descaradamente em minhas letras. Hoje em dia todo mundo olha pra tudo, menos para a busca da felicidade. Eu gosto de falar disso.

Mulheres Como meu pai sempre diz, as mulheres não são para serem entendidas, e sim para serem amadas. É sempre legal encontrar uma mulher que tenha bom humor, que seja autêntica e seja "menina", no sentido de ser mais moleca do que mulher fatal. Mas tudo depende da atitude. Não gosto de mulheres que usam roupas muito curtas ou vulgares. Sou muito emotivo e dou muito valor à pessoa que está comigo. Gosto de conquistar, de me apaixonar. Sou um romântico assumido.

Sabedoria A única coisa da qual tenho certeza é que "só sei que nada sei". Faço questão de ser verdadeiro em tudo que faço. Jamais quero perder um pedaço de mim por causa de dinheiro e fama.

Quero fazer a minha parte Quero subir nos palcos do mundo inteiro, quero falar tudo o que penso e no que acredito. Quero passar minhas mensagens através da arte. Arte é uma coisa que todo mundo vê, todo mundo ouve, todo mundo leva como uma oração. Quem não tem uma música que toca fundo no coração? Essa é minha missão.

COLE, DESENHE, RABISQUE

Espaço para você colar fotos e recortes, anotar pensamentos e desejos...

Tristeza Acho que, se hoje existe tanta gente deprimida e triste, é porque as pessoas não acreditam em mais nada. Elas não querem nada, não têm expectativa de nada. As pessoas acabam indo pelo caminho mais curto pra garantir o que comer e o que beber, e não vivem, sobrevivem.

Na real Encarar a realidade pode até doer, pode até nos deixar aborrecidos. Mas encarar a real é que nos liberta. Se ela é a dor, ela é o próprio remédio. A realidade, quando vista de forma clara e com amor, é que nos encoraja pra seguir adiante.

Se pudesse voltar atrás... eu ia começar mais cedo! Ah, ah, ah!

Pra vencer e se destacar Ser apenas verdadeiro. Nada mais do que a minha verdade atual.

Respeito Não falo mal dos outros. Respeito é bom e todo mundo gosta.

Presto atenção em tudo Presto atenção em tudo e todos à minha volta. Aprendo o que devo fazer e também... o que não devo! Há pessoas famosas que menosprezam os outros; pessoas de grande valor que se menosprezam ou se glorificam demais; pessoas de talento

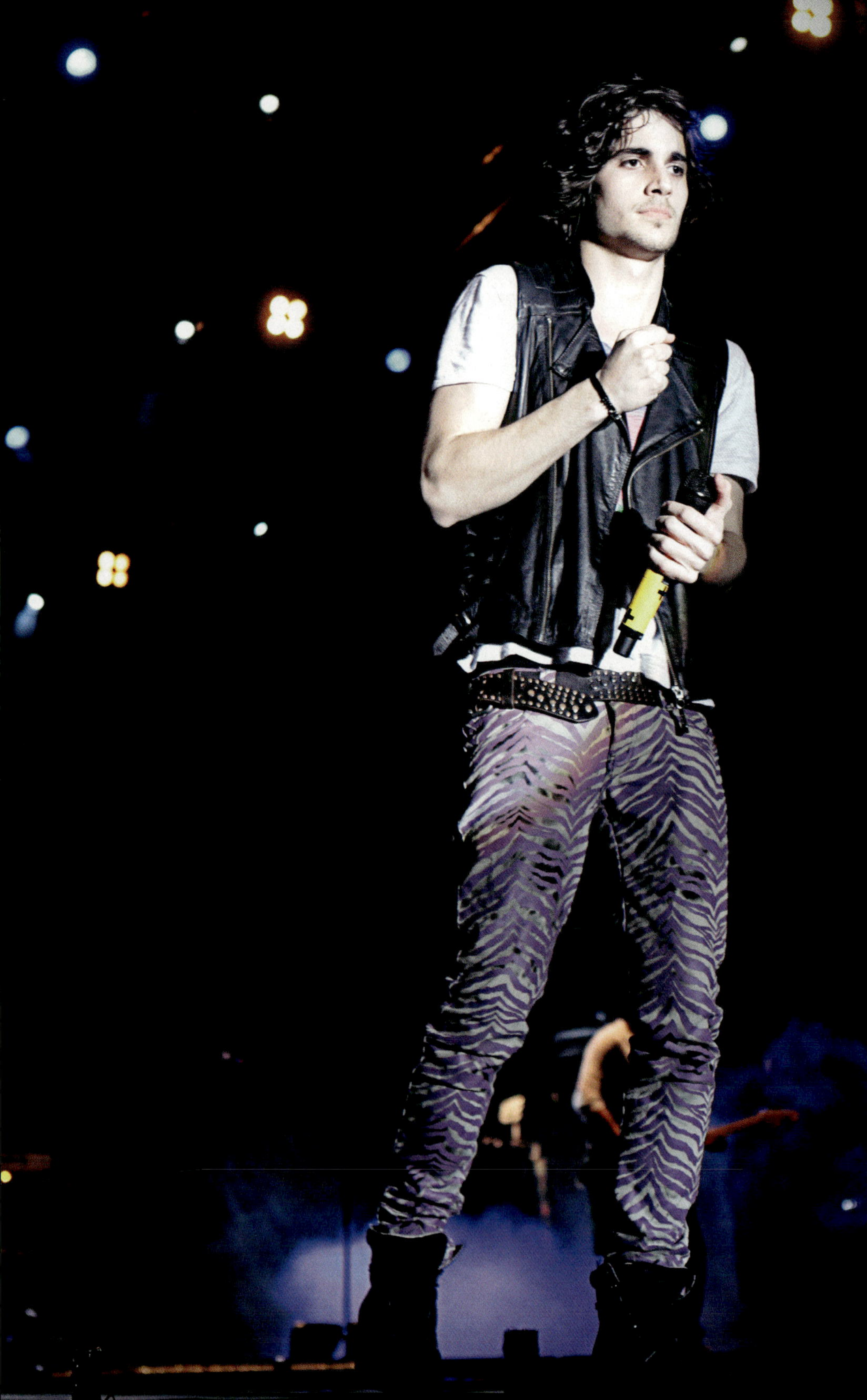

que de repente passam a humilhar ou a pisar nos outros... Tá errado, tudo errado... Somos todos iguais! Atenção: tem muita coisa rolando pra gente aprender!

Medo O medo me motiva! Ouvi dizer que medo e atração possuem uma forte ligação entre si.... Antes de subir no palco estou morrendo de medo, depois vem a insegurança... E isso tudo é o trampolim pra dar o primeiro salto, o segundo, o terceiro... E vou seguindo em frente, com medo e tudo! É muito louco: o medo não me paralisa, eu continuo em frente.

O tempo O tempo cria, o tempo mata, o tempo muda. Ele pode ser nosso aliado, porque nunca enganou ninguém: todo mundo sabe que ele vem e depois vai embora. Então, é melhor relaxar e viver de bem com o tempo que a gente tem. É como fazer um acordo: o tempo te ajuda se você se comprometer com ele. Se cumprir seus compromissos, ele é seu aliado. Se rolar crise com ele, ele engole seus sonhos, e sua meta pode se perder no caminho.

Ajuda Não tenho tempo pra fazer tudo o que gostaria de fazer, de apoiar pessoas necessitadas. Então, colaboro como posso. Se cada um fizer um pouco, daqui a pouco teremos um montão de coisas boas feitas! Sério, ajudo de coração as pessoas que estão necessitadas. Acho isso digno. Totalmente fundamental!

Nada é para sempre Uma vontade não dura pra sempre, nem uma música e nem um show. Nem um relacionamento. Nem nós somos pra sempre...

Eu gosto do cara que vejo no espelho? Tem luz no fim do túnel... E não é miragem.

Carreira É uma coisa muito doida: não há como prever nada na carreira. Hoje, daqui a uma semana ou um mês pode surgir um cara bem melhor que eu, e daí? Por isso vou fazer tudo para me reinventar sempre e de uma forma bacana. Sei que posso contribuir com o meu melhor, e vou fazer isso!

Amizade Isso é da nossa própria estrutura, faz parte. É importante! Não tenho muitos amigos, mas os que tenho prezo muito. Amigo é aquele que ajuda, colabora, fala, ouve, aprende, ensina, perdoa, conversa, entende, não julga, apóia, tem bons costumes e boa índole, caráter... Não precisa estar na mesma atividade... Confiança é a palavra. Confiança mútua.

Filme *As melhores coisas do mundo* De todas as técnicas que aprendi, a melhor é a técnica de atuar com o coração.

Ausência de som Eu preciso do silêncio pra criar, inventar e reinventar a mim mesmo e a forma como vejo o mundo. As pausas são tão importantes quanto as notas.

Intimidade Só rola intimidade com o tempo... O dia-a-dia revela as pessoas. Intimidade sem respeito é impossível!

Sensibilidade É uma questão pessoal. Eu penso que sensibilidade tem muito a ver com prestar mais atenção no outro, nas pessoas em geral, no que acontece ao nosso redor. Percebi que nem todo artista é sensível, pena...

Meu pai Aprendi a ser filho e o ajudei a entender o que é ser pai.

> Confiança é a palavra. Confiança mútua.

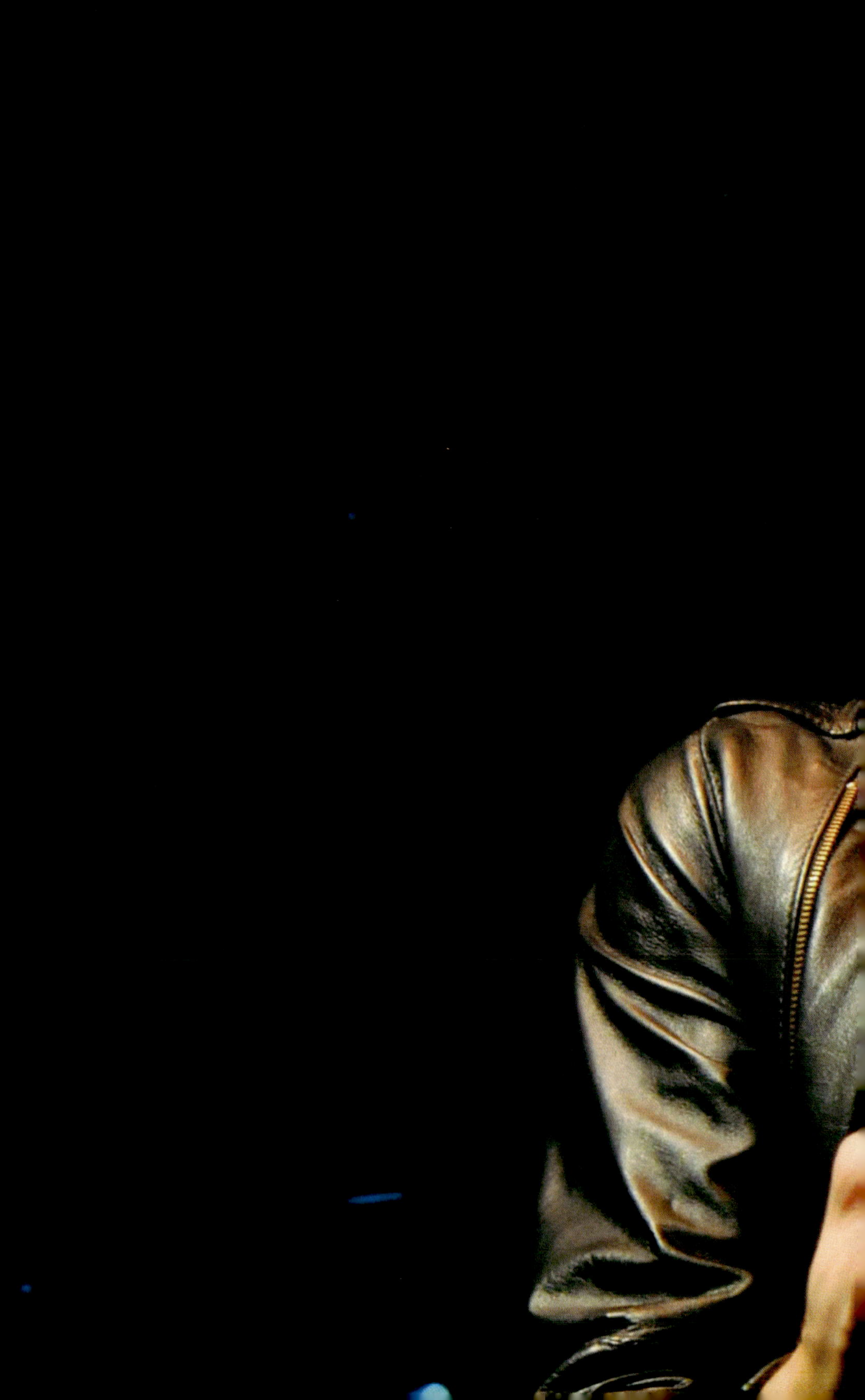

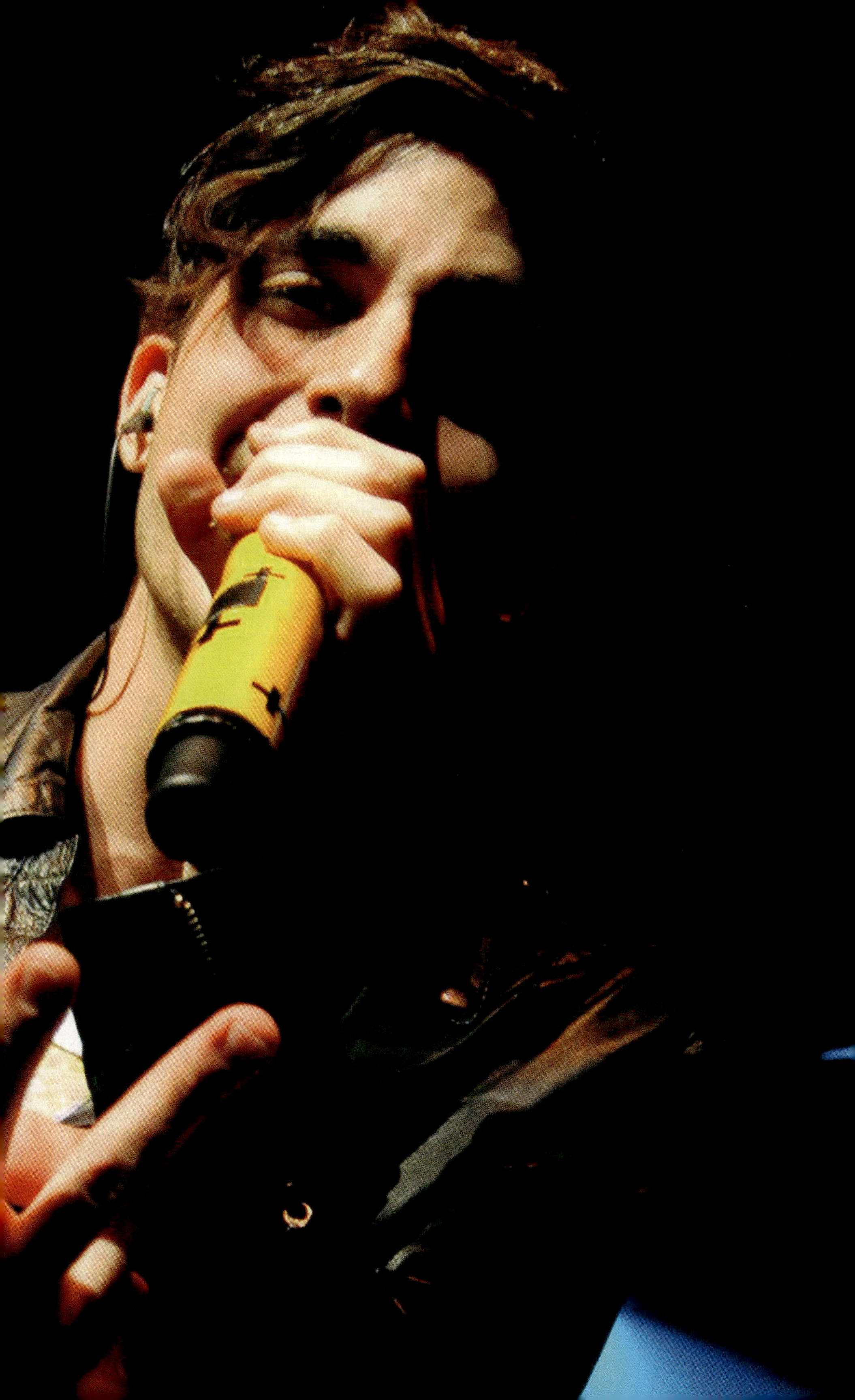

Às vezes sou filho, às vezes pareço pai. É uma relação muito legal. Dividimos muitas coisas.

Minha mãe Meu anjo!

Traumas Eu não queria ter sofrido os traumas que sofri, mas os sofri, sim! Não adianta fazer de conta que nada aconteceu. Os traumas me deixaram sem saber direito o que pensar e no que acreditar. Ainda tenho lá minhas feridas, algumas em pleno processo de cicatrização ou já cicatrizadas. Ainda tenho uns "lembretes" de que elas estão aí. E quando uma marca, mesmo que pequena, se mostra, eu caio na tentação de "coçá-la". Daí a ferida que estava quase cicatrizando volta a sangrar. Meu, cara, por que fiz isso? Eu poderia ter feito outra escolha, poderia ter tido outra opção! Não resta nada a fazer senão me comprometer comigo mesmo: da próxima vez, serei mais cuidadoso, mais prudente.

Conversas Não tenho assuntos específicos ou preferidos para discutir. Qualquer papo pode ser legal. Adoro entrar numa conversa e falar duas palavras e escutar outras duzentas. Adoro escutar, adoro, sou fanático por aprender, sou fissurado em aprender.

Educação Todo mundo devia ter o básico, no mínimo o ensino fundamental. A partir daí, acho que seria muito bacana se a gente pudesse escolher o que quer aprender, ter prazer em aprender, que é o que eu tenho hoje com a música, por exemplo. Se na época da escola a professora perguntasse: "Que instrumento musical você quer tocar?", seria bárbaro. Imagina aprender música na escola... Caramba! Eu não ia faltar a uma aula, ia ser demais!

O que tenho ouvido John Mayer, Steve Ray Vaughn, um pouco de Eric Clapton e, claro, um pouquinho de B. B. King. As letras e melodias de Renato Russo, Cássia Eller e Raul Seixas ainda mexem comigo.

Um desejo musical Gravar *Metamorfose ambulante* do Raul Seixas. Essa música é muito louca!

Gratidão Começa do mais básico possível e não tem coisa mais gostosa... É um sentimento muito bom quando uma pessoa te ajuda por gostar de você e nem quer um agradecimento de volta. Fez aquilo para te ajudar, e você, de coração, diz: "Pô, obrigado, velho, obrigado". É reconhecer que você faz parte de um todo e que as pessoas podem ajudar umas às outras porque se gostam.

Prêmio Aquele prêmio de melhor ator, ele não é meu. É dos fãs que votaram em mim, é das pessoas da equipe que acreditaram em mim. Eu olho para o prêmio e vejo as pessoas que tenho ao meu lado.

Eclipse e vampiros Sou vampirizado ou vampiro? Sim, eu me sinto um vampirão. Adoro mistério, sou da noite total, busco minha inspiração na noite, adoro sedução. Adoro esse negócio do vampiro, de "isso pode, aquilo não pode", o vampiro some, nunca ninguém sabe onde ele está e o que aconteceu... Muito louco!

Intimidade sexual Duas pessoas se amando é lindo! Mas acho triste esse negócio de ficar com várias pessoas. O corpo é uma coisa tão particular, é preciso cuidar dele. Tem que existir confiança entre duas pessoas pra haver intimidade. Acho que esse é o grande vacilo da nova geração. Tem que ir com muita calma. Essa coisa de fica aqui e fica ali, com um, com outro, gera um vazio interno. Hoje em dia tem muita doença por aí. A mulher tem uma engenharia corporal tão... tão... diferente, tão cheia de detalhes. O corpo dela é sagrado! Ela menstrua, tem filhos... Não pode de jeito nenhum sair por aí, sem consciência! É uma questão de respeito a si própria e aos outros também!

Liberdade A liberdade só funciona com responsabilidade. Não existe uma pessoa totalmente livre sem responsabilidade. Esse é o preço da liberdade. Eu só consegui a minha tendo "responsa" pra tudo, pra cumprir horário, tudo!

Autoestima versus orgulho Autoestima é diferente de orgulho. No orgulho as pessoas querem ter razão porque querem, e só! É uma coisa meio sem noção! E o orgulho é destruidor. Autoestima é saber se ouvir e se respeitar. Se não pensamos na gente antes (sem egoísmo), não conseguimos pensar em ninguém. Não tenho como ajudar o outro se não me ajudar antes. Não posso ajudar pela metade.

O que é certo? O que é errado? Por via das dúvidas, é melhor a gente ser verdadeiro, dá mais certo... Certo? É não se deixar seduzir por coisas bobas... É pensar: "Do que eu realmente gosto?". Errado? É fazer coisas tolas e cair num vazio, é perder o rumo, abandonar nosso ideal...

Quebra de confiança Se uma pessoa te machuca, quem diz que ela não vai te machucar de novo depois? Tomo cuidado pra não pisar na bola com ninguém, porque a gente vai construindo uma relação aos poucos, vai se entregando, e quando esse cristalzinho quebra... pode até colar depois, mas a rachadura sempre fica.

Viver e sobreviver Existe uma grande diferença entre viver e sobreviver. Ver alguém que tem que trabalhar das 8 da manhã às 6 da tarde, cinco dias por semana, fazendo uma coisa que odeia para poder ter um final de semana, ganhar um dinheirinho básico por mês e poder viajar uma vez por ano, e tudo isso com tristeza, raiva, mágoa, me causa a maior depressão no mundo. É horrível não fazer o que gosta, não ter expectativa, não ter esperança, não sorrir. É a lei da sobrevivência. Pode ser difícil fazer o que você gosta, independentemente de ganhar dinheiro ou não, mas é preciso acreditar que um dia uma luz vai chegar. E é a gente que faz a nossa realidade.

Diferente Não troco ficar no meu quarto, estudando guitarra, por uma balada. Vejo um monte de moleques sem responsabilidade, só querendo saber de curtir a balada, beber pra caramba, viajar... E tudo isso com dinheiro dos pais. Aposto que esses moleques iam curtir muito mais se fosse com o próprio dinheiro e, claro, com responsabilidade.

Apego versus desapego Eu me apego a tudo e não me apego a nada ao mesmo tempo. Quando nasci, não sabia nada do que sei hoje. Não tem essa de não saber viver sem isso ou aquilo... Mas tenho apego à minha família, música, carreira... Pensando bem, cuido disso tudo direito. Faço tudo o que posso. Batalho! Penso que estou aprendendo o equilíbrio disso tudo.

Livros Li um livro que acabou com meu preconceito com a autoajuda: *Os segredos da mente milionária*, de T. Harv Eker. Muito do que aprendi ali me ajudou a conseguir tudo o que tenho e sou. Curti *O segredo* e *Mentes inquietas*. Gostei muito do livro *Um extraterrestre na Galileia*, de C. R. P. Wells, indicado pelo meu pai, que conta umas verdades que a sociedade ainda não parece pronta pra entender.

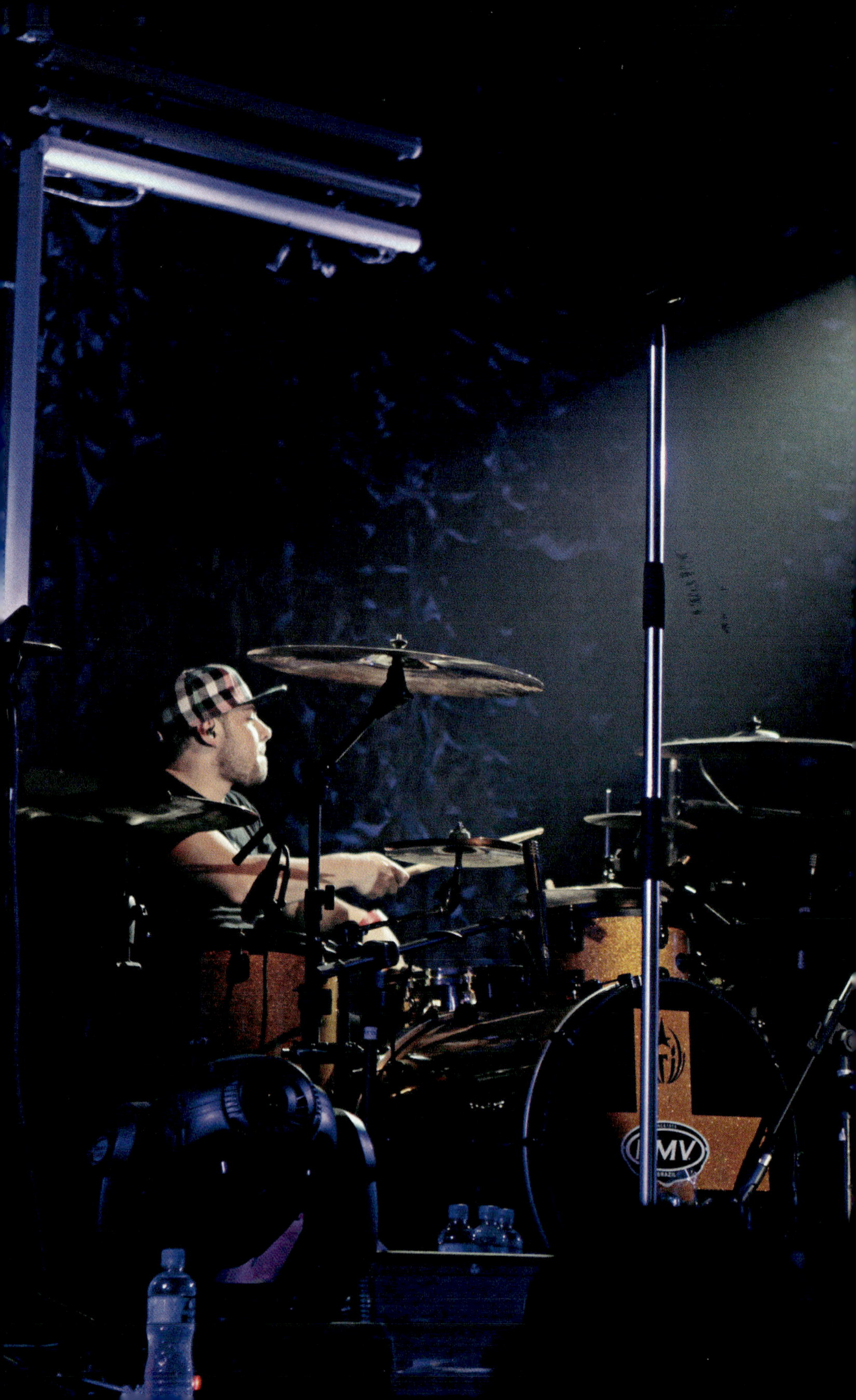

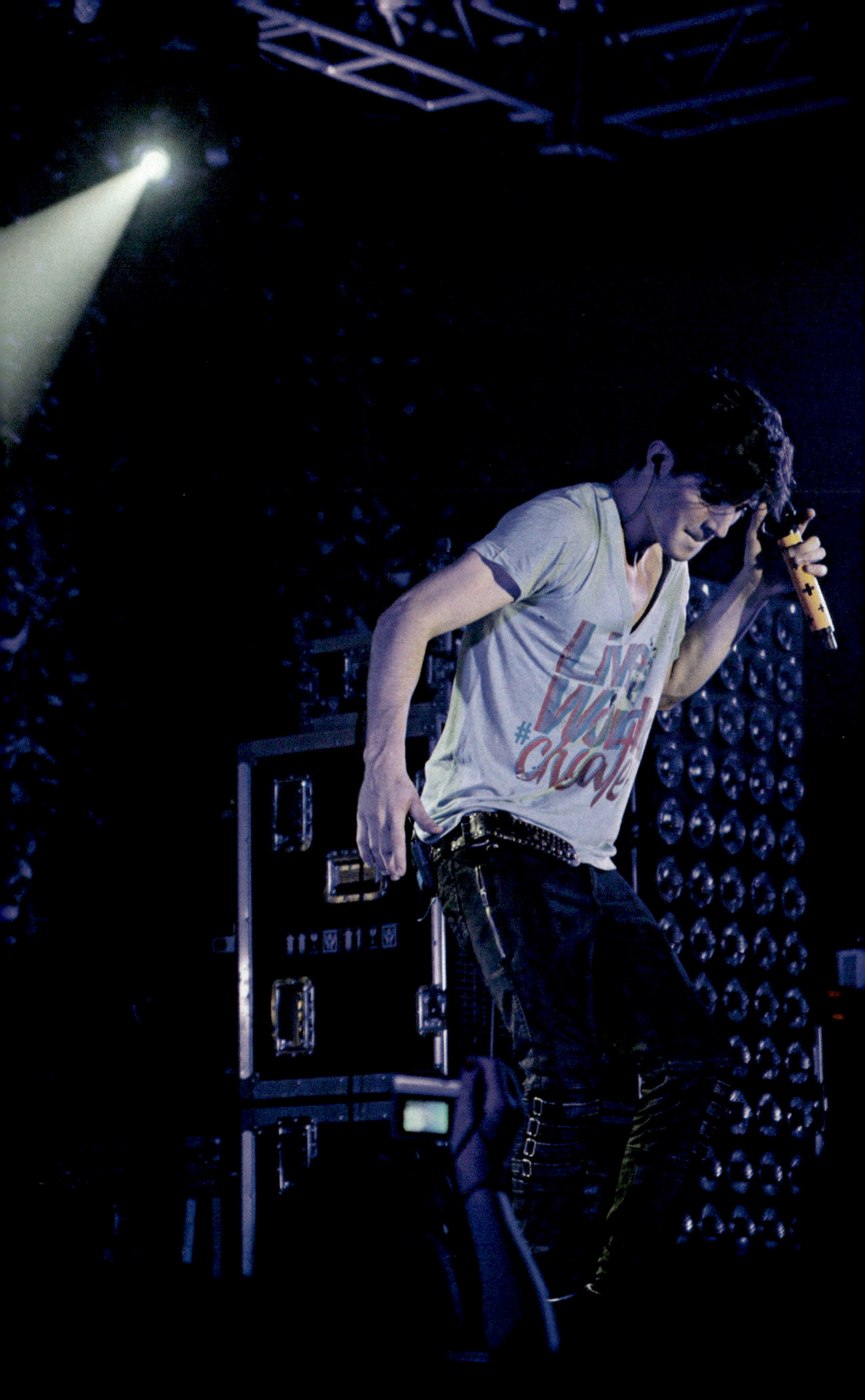

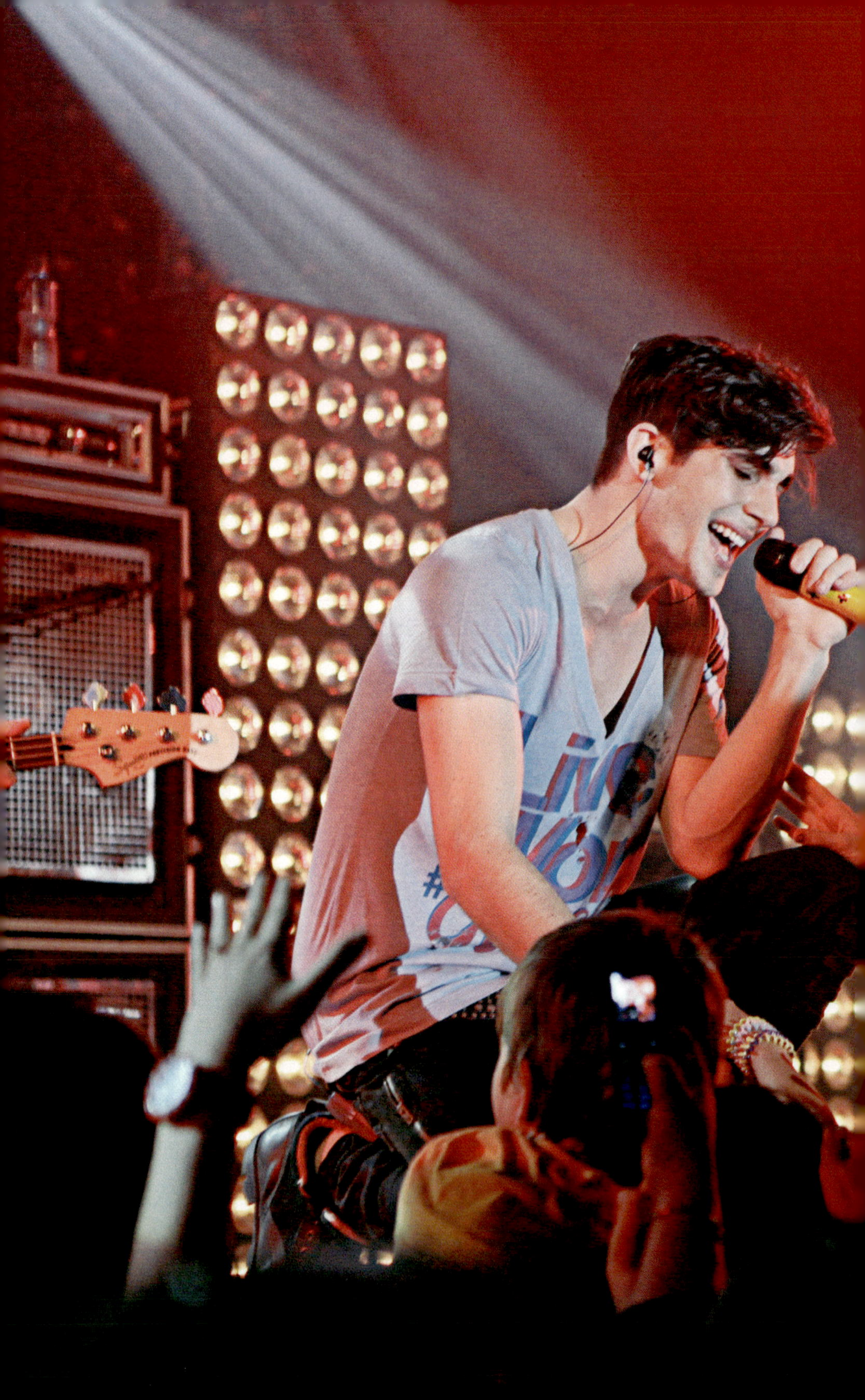

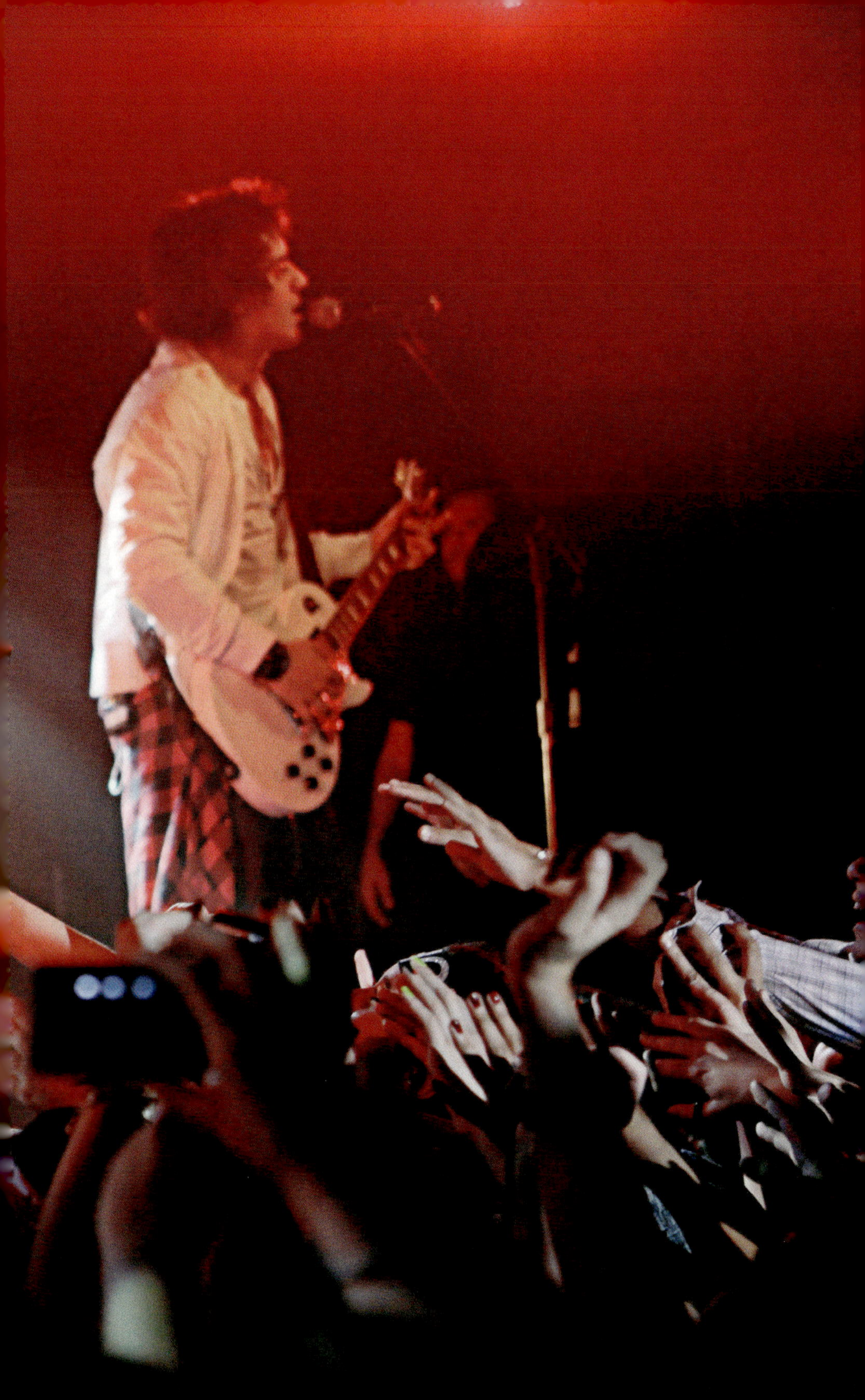

SEM VOCÊ EU CHEGUEI
A PENSAR EM NÃO MAIS VIVER
VOU SANGRAR ATÉ MORRER
SE VOCÊ NÃO FICAR

EU SÓ QUERO SER
ETERNO PRA VOCÊ
SÓ DEPENDE DE NÓS
ME BEIJA E NÃO PARA DESSA
VEZ SERÁ PRA SEMPRE
VÁ EM FRENTE

SEU CHEIRO ME ENLOUQUECE
FICO LOUCO SÓ DE TE VER
NÃO CONSIGO MAIS ME CONTER
SE PARTIR EU NÃO VOU MAIS
EXISTIR

MINHA VIDA CHEGA AO FIM
NUNCA
EU DISSE NUNCA

ME DEIXE MAIS UMA VEZ
NUNCA
EU DISSE NUNCA
MAIS

Eterno para você
Filipe Galvão (Fiuk)

A vida neste planeta Acho que é mais interessante e construtivo compreender que tanto faz ser católico, espírita ou budista, desde que a mensagem que a gente passe seja de amor. Nossa vida aqui na Terra é como a oitava série. Tem de passar de ano, senão volta pra cá de novo.

Um lugar O palco. Essa é uma das poucas coisas que não sei definir o que sinto, o que vejo, o que penso, só sei que quero estar no palco sempre. É meu lugar.

Minha meta Se eu contar aqui vou parecer ridículo, mas quando eu alcançá-la vou avisar a todos de boca cheia!

Posso até ser moleque e intenso Mas sou verdadeiro!

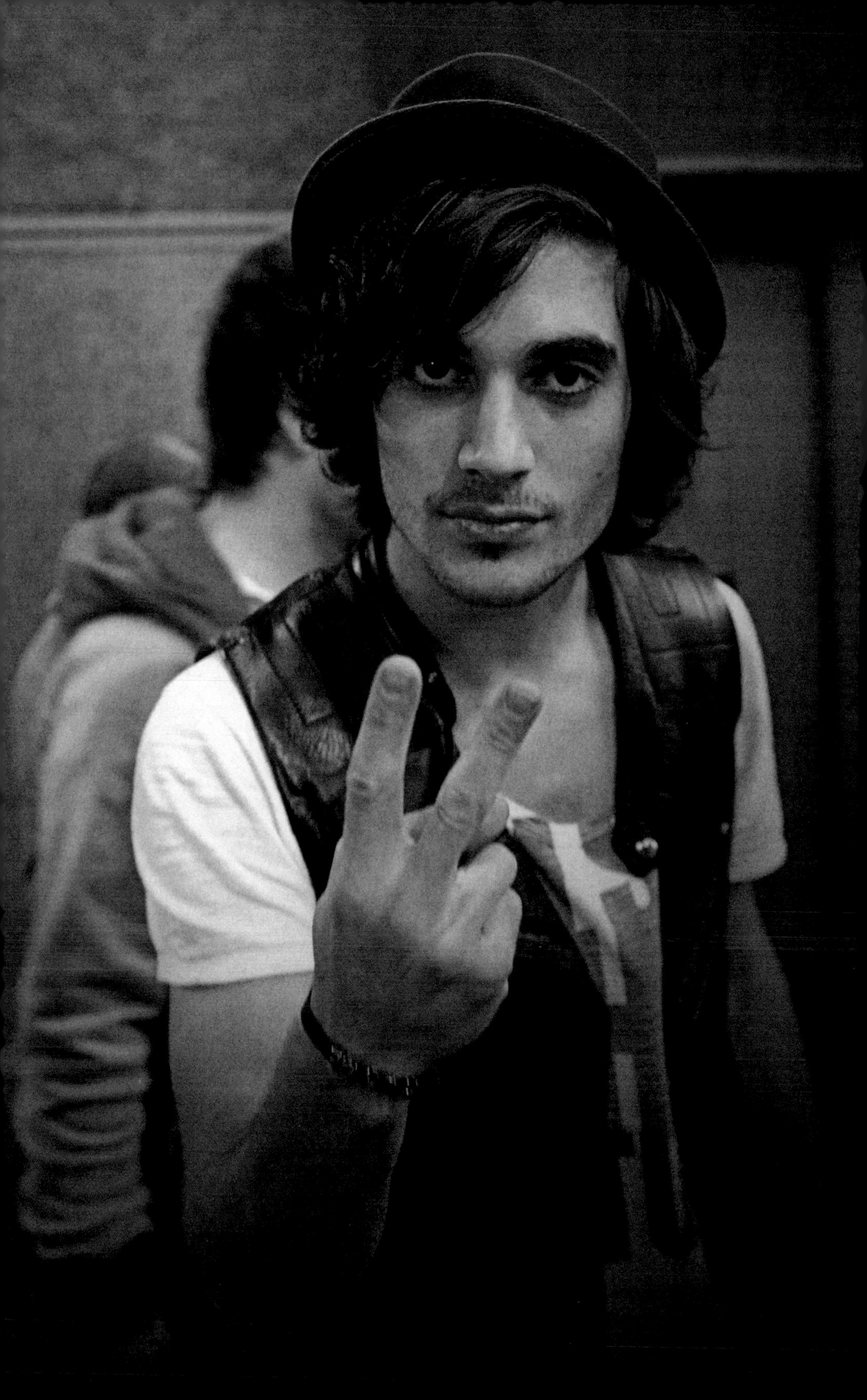

Eu não queria que existisse no mundo: Violência: O ser humano inventou a arma que pode matar outro ser humano. Isso é horrível! Eu olho para o mundo e penso: "Que droga!". Estar na esquina e ter que olhar para os dois lados porque está escuro e pode aparecer alguém e te ferrar... A gente nunca está tranquila... Inveja: Paramos de olhar pra nós mesmos quando temos inveja de alguém. Esquecemos nossos talentos naturais e ficamos querendo o que o outro tem. Rancor: Todo mundo tem que se livrar disso... É pesado demais carregar este tipo de sentimento.

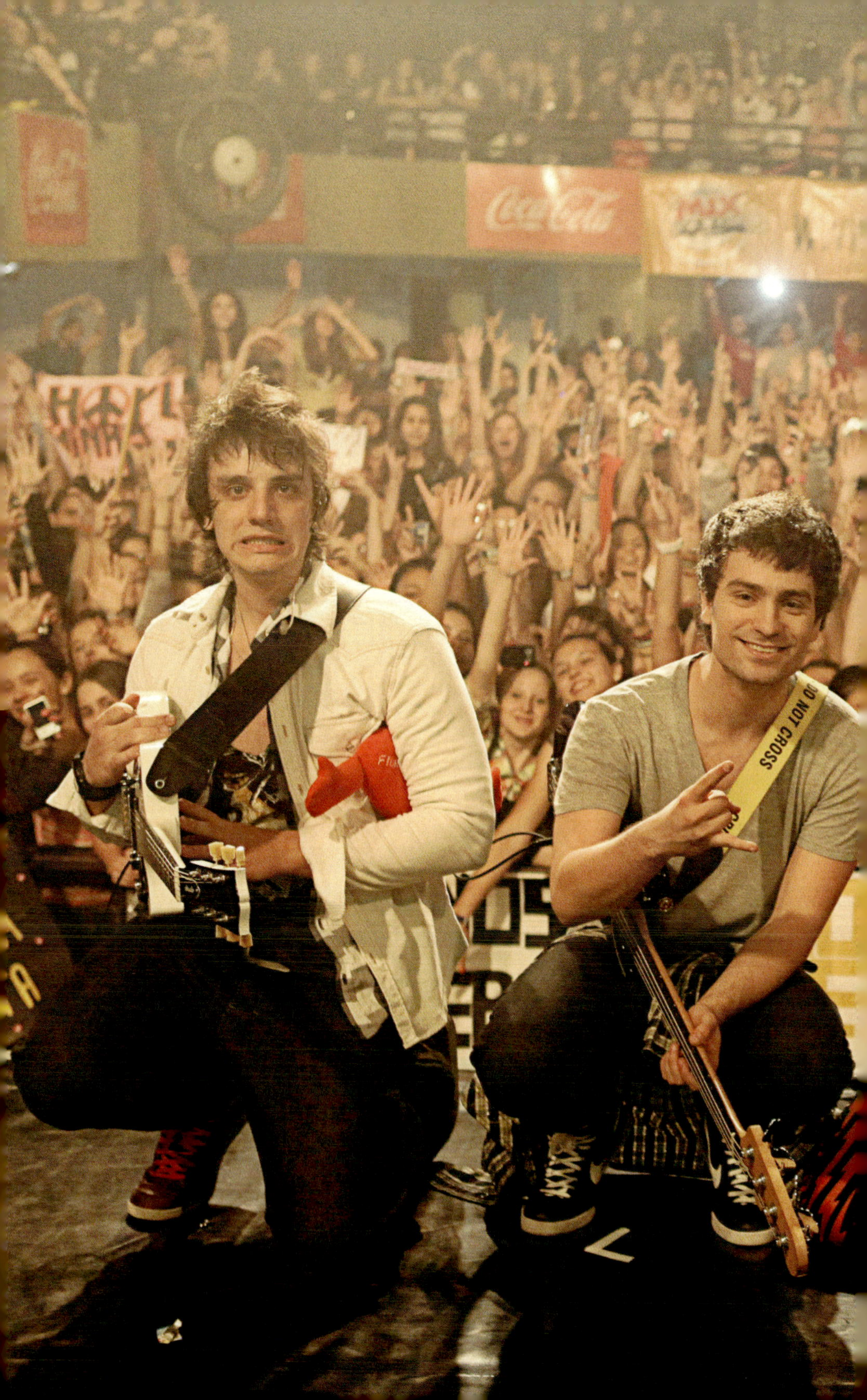
Coca-Cola
DO NOT CROSS

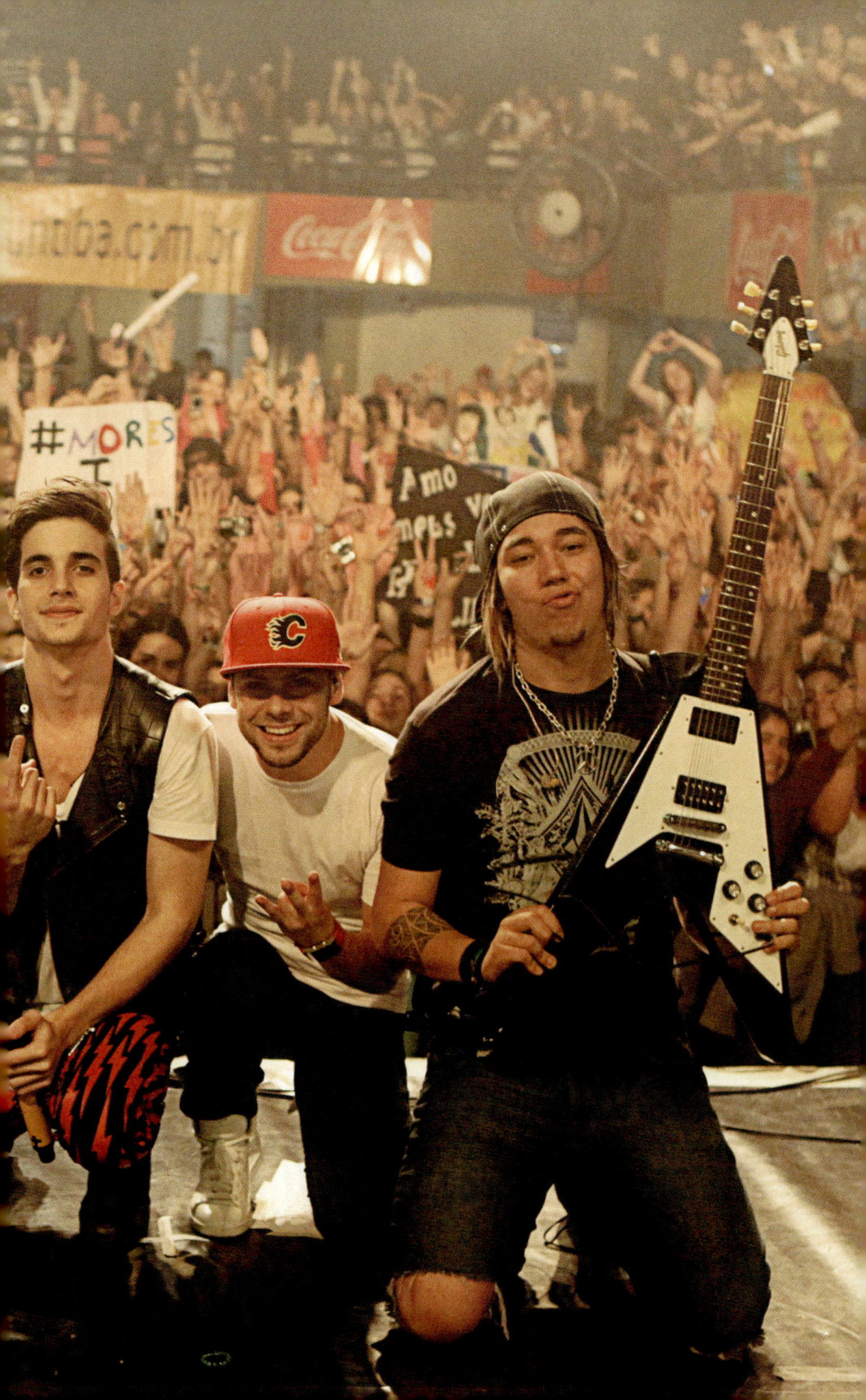
#MORES
Amo

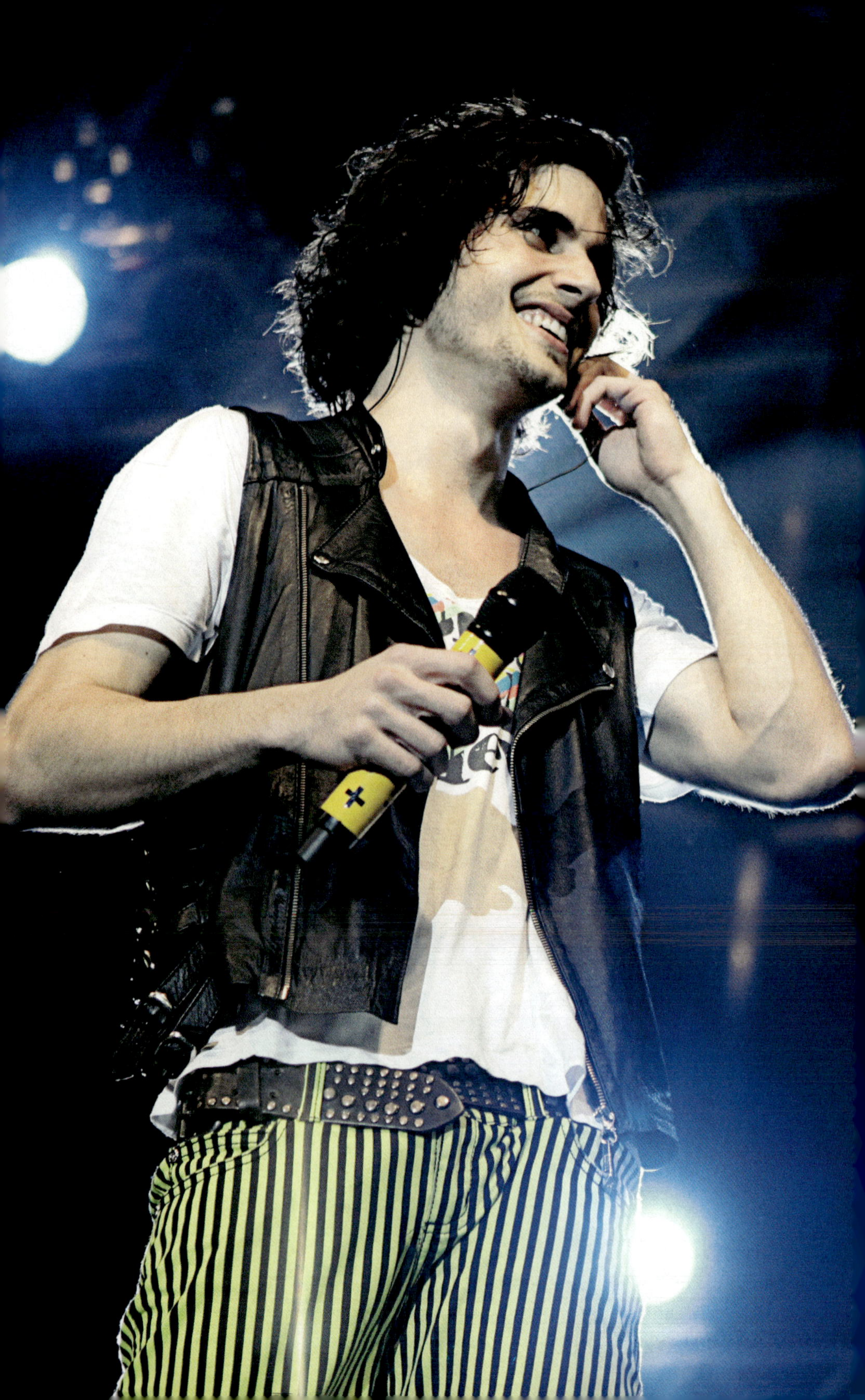

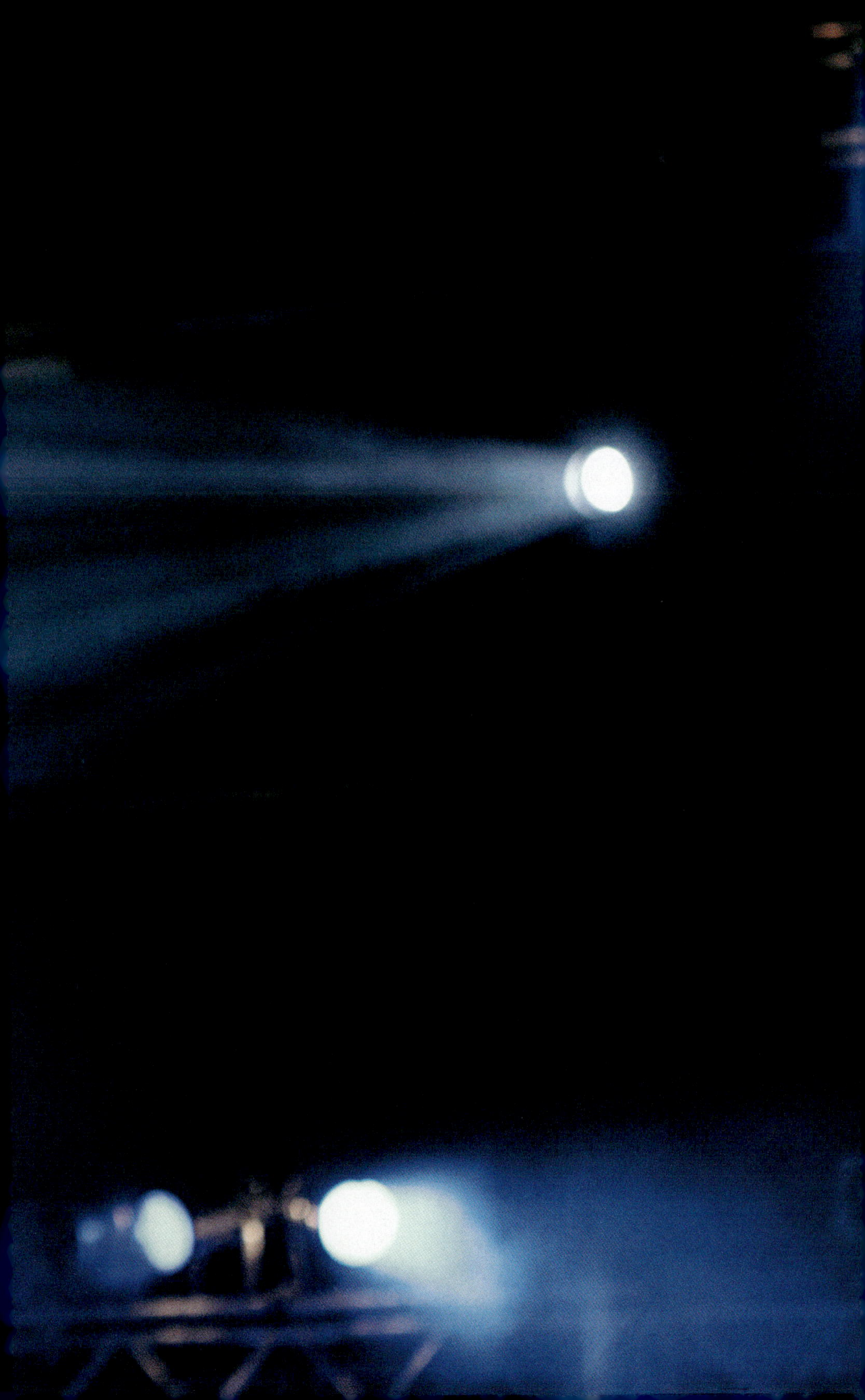

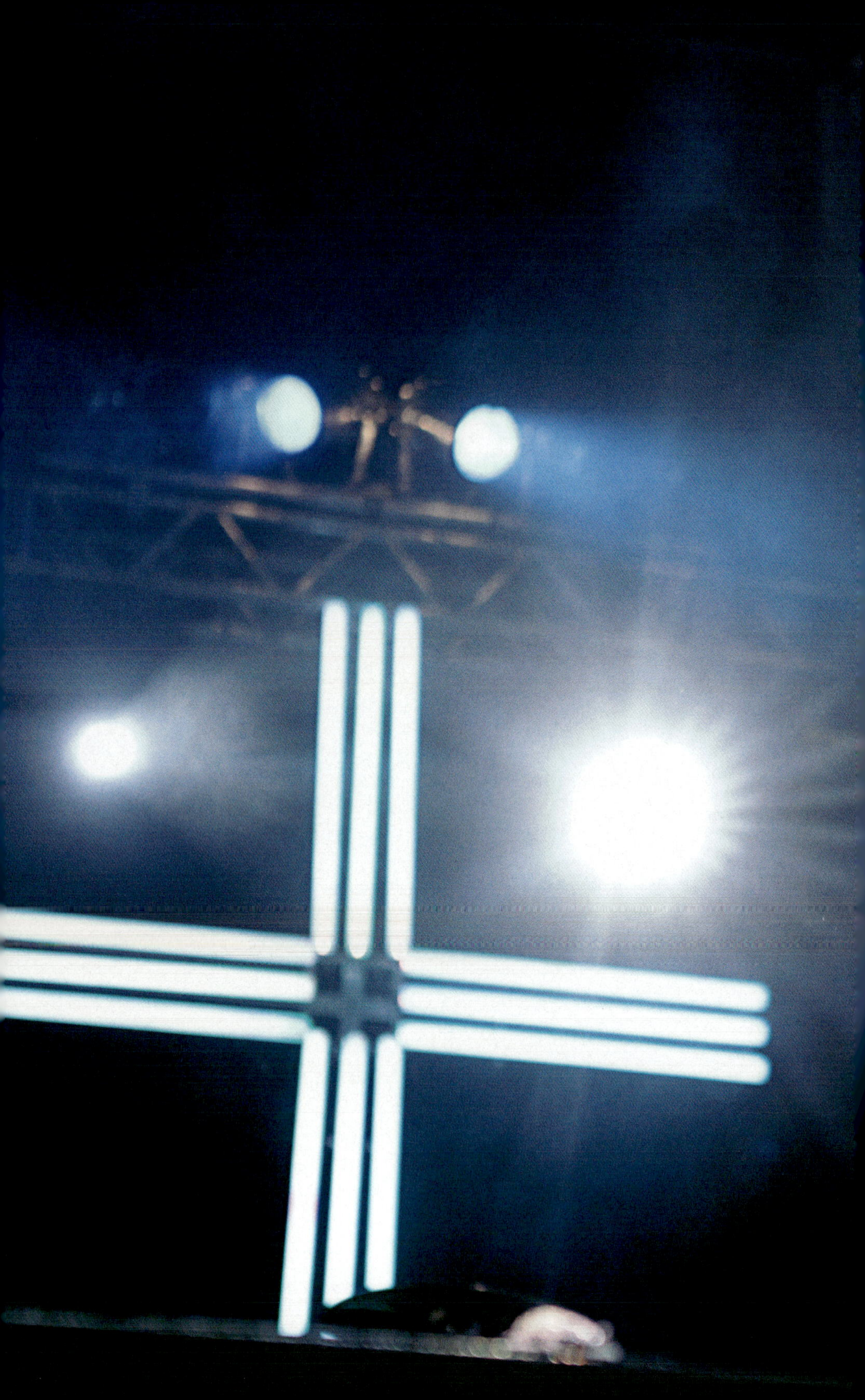

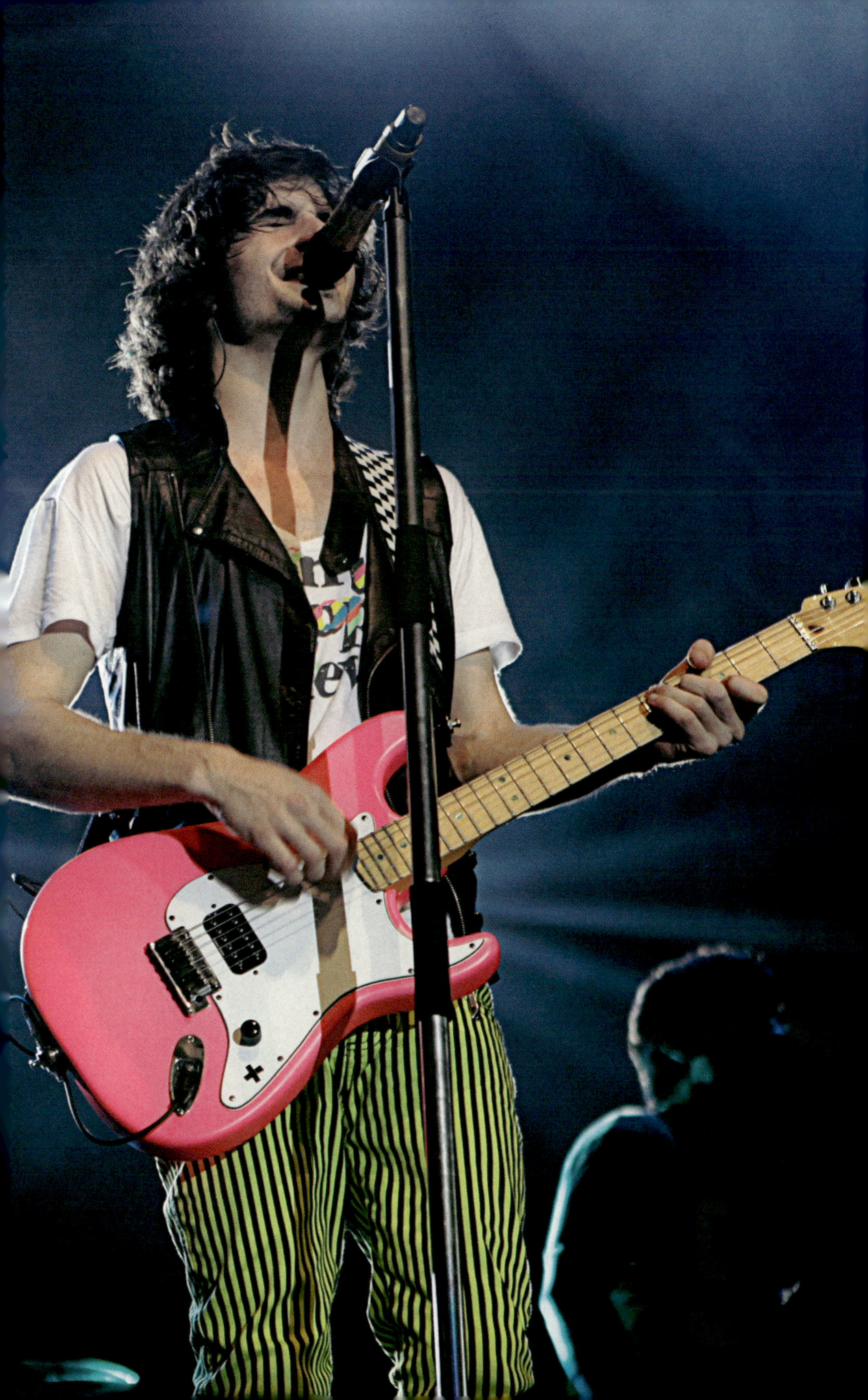

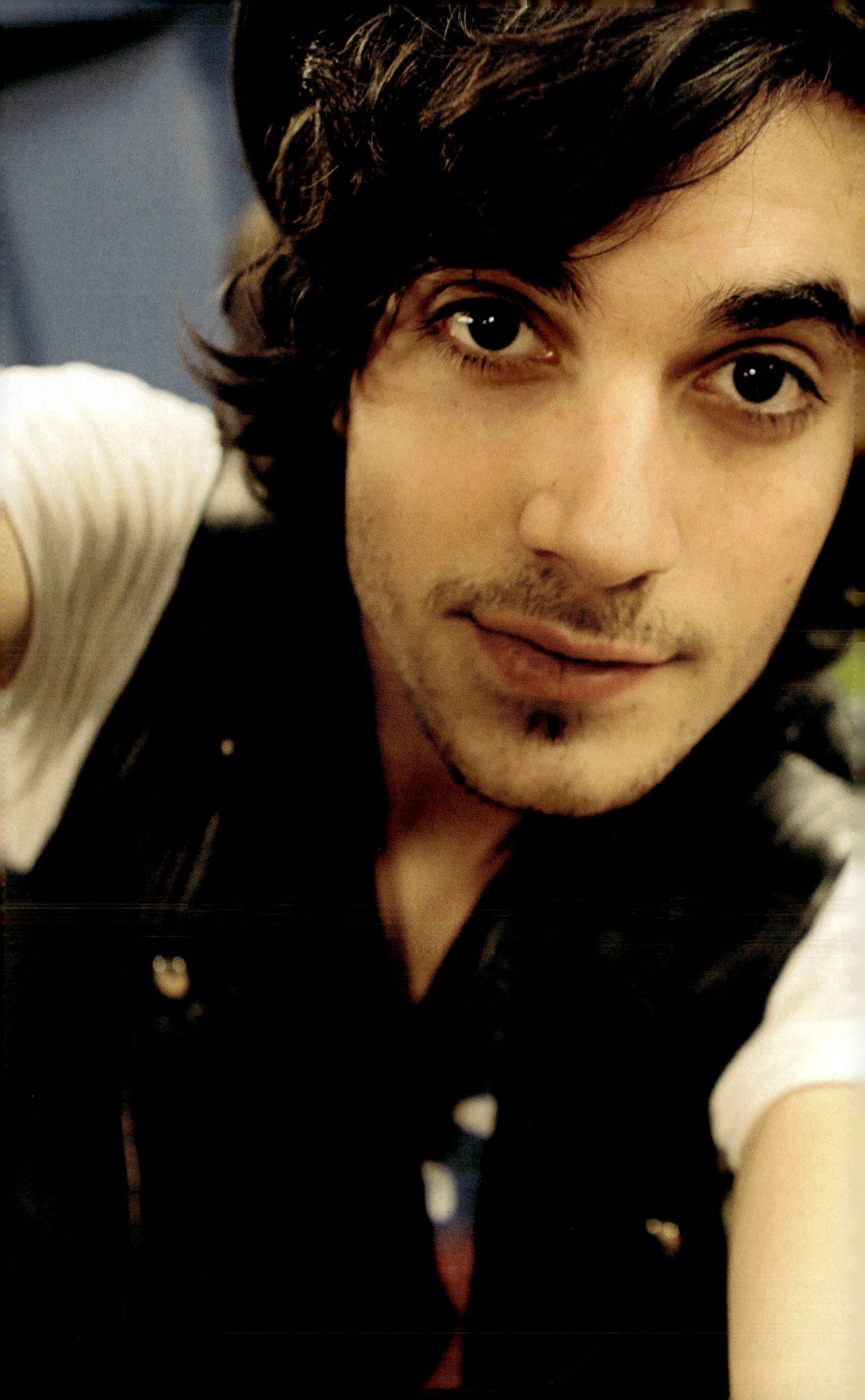

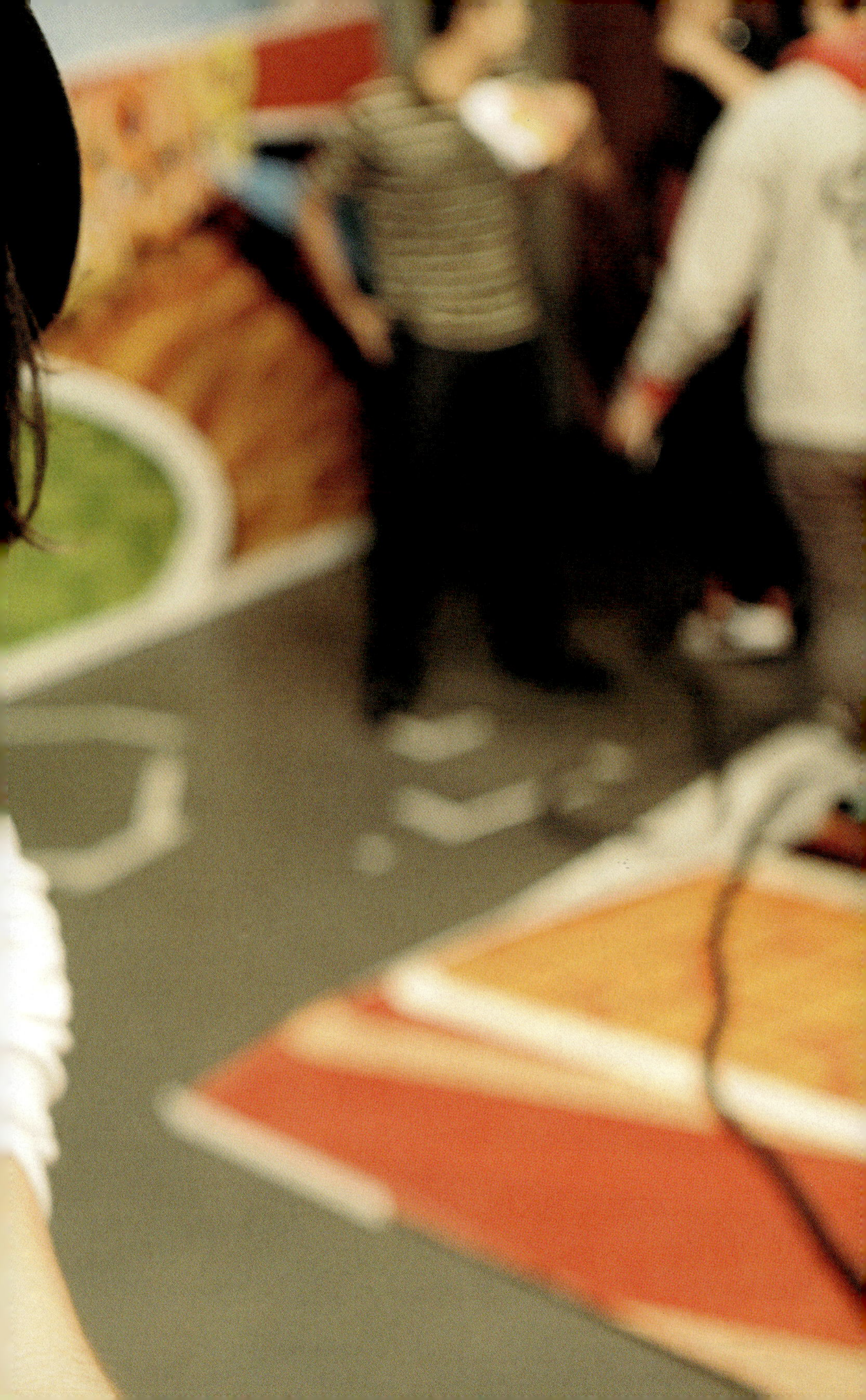

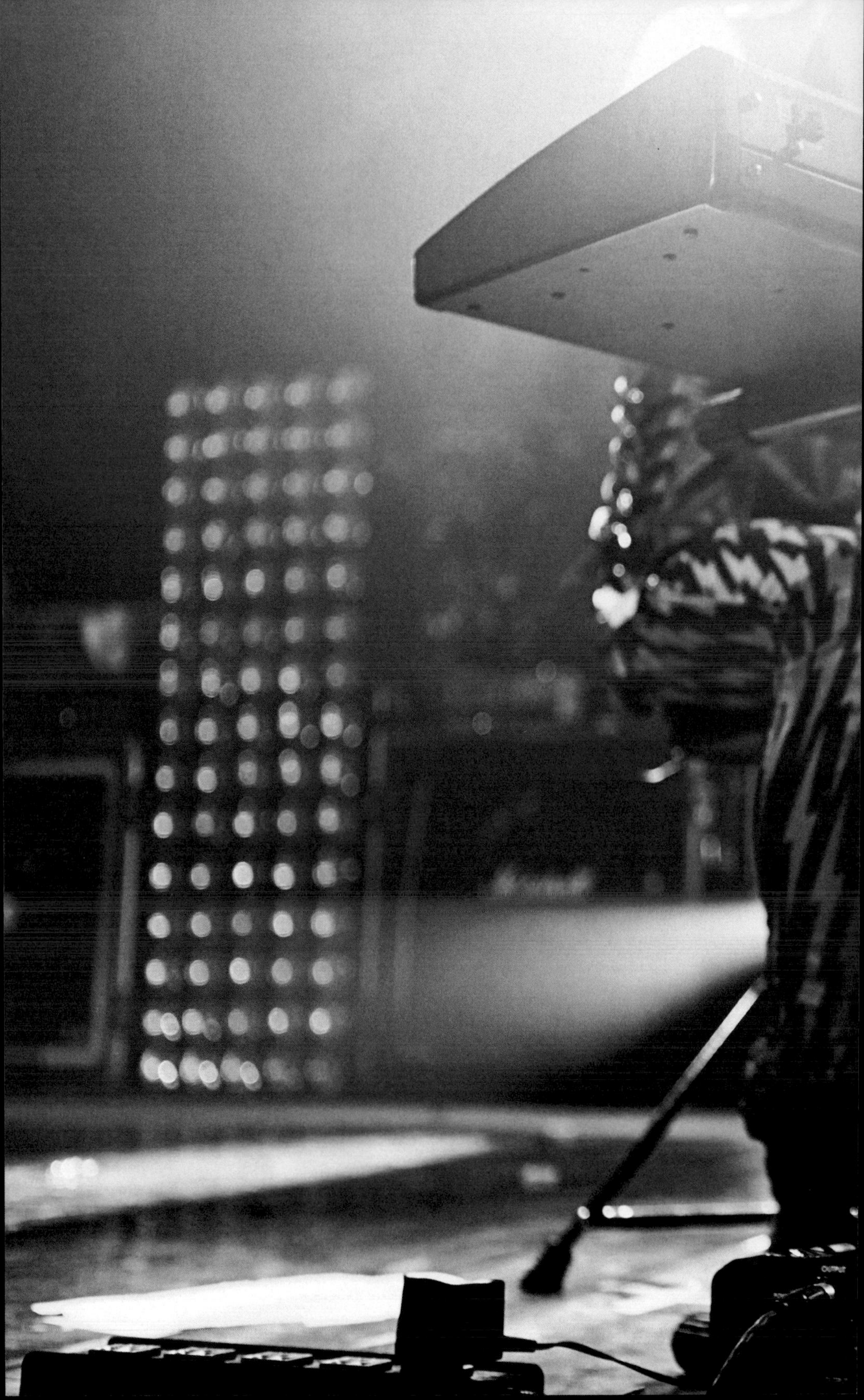

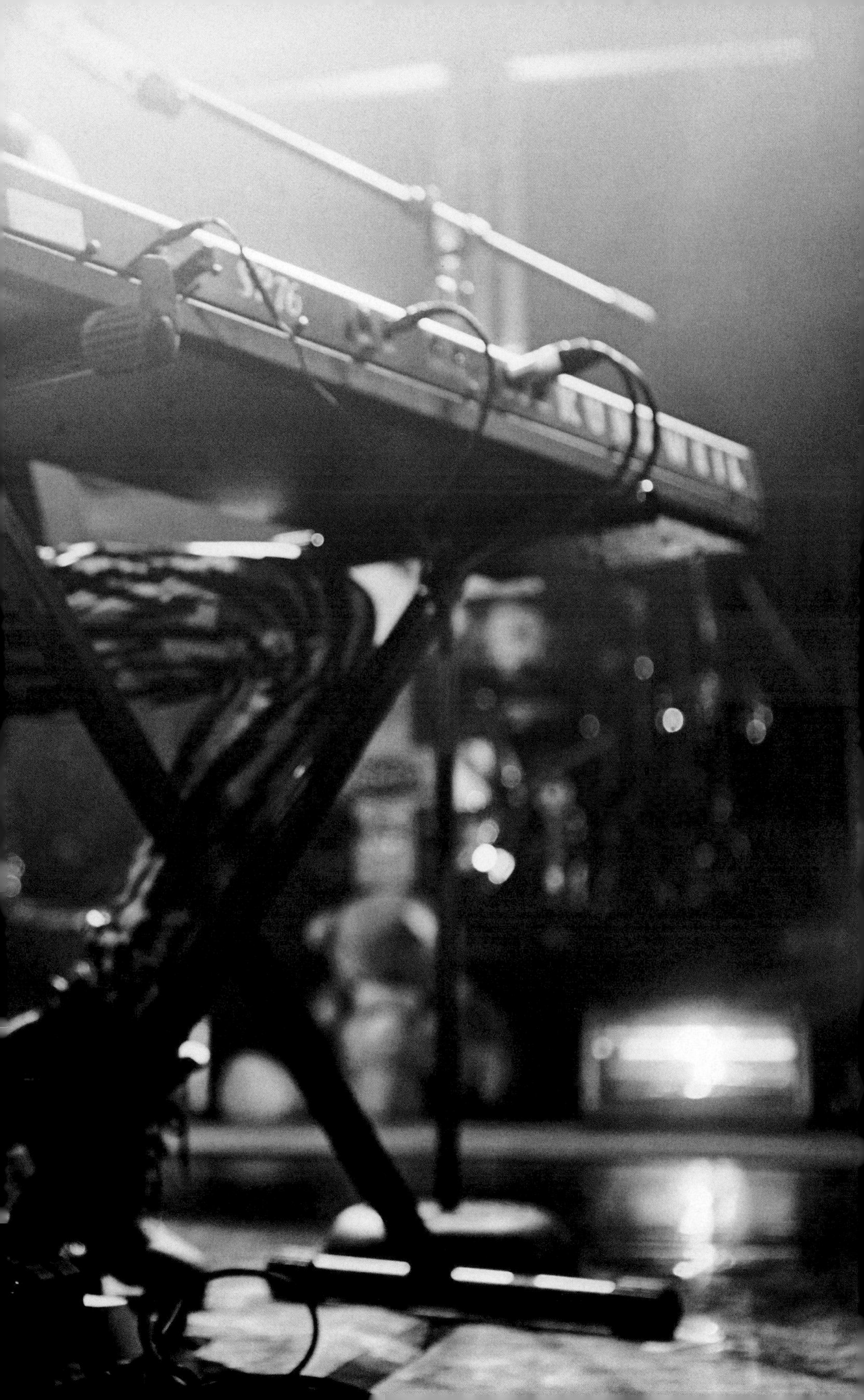
SP76

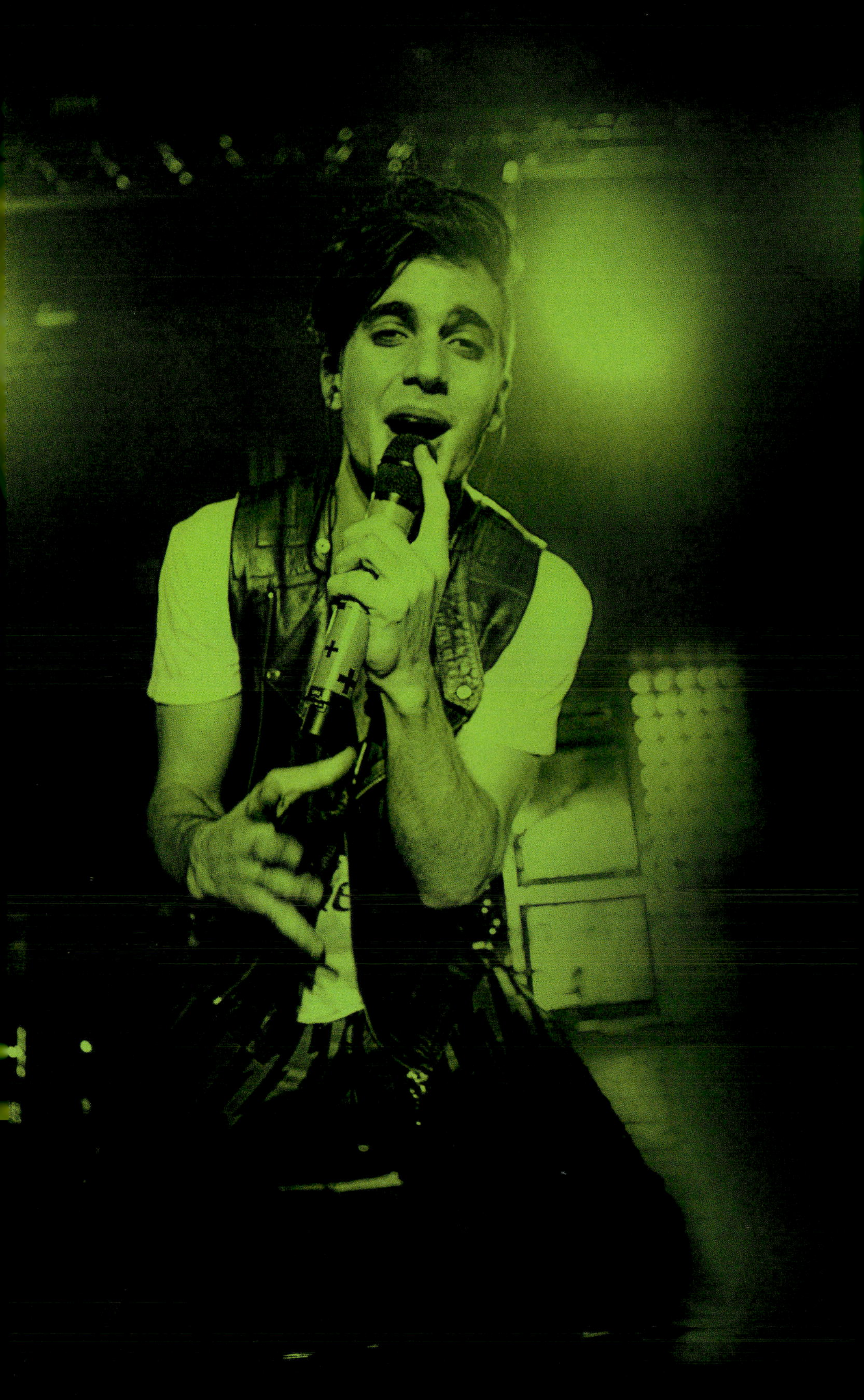

Continua…

Créditos das fotos

AGNews: págs. 2-3, 4-5, 6-7, 8-9, 12-13, 28, 31, 32, 33, 38, 39, 42-43, 46-47, 55, 58, 59, 60-61, 62, 63, 64-65, 66-67, 80, 81, 82, 84, 86, 105, 106, 107, 108, 110-111, 124, 130-131 e 160.

Caio Paifer: págs. 15, 54, 60-61, 70-71, 72-73, 74-75, 76-77, 78-79, 87, 105, 122, 127, 136-137, 138-139, 142-143, 144, 146-147, 148-149, 150-151, 152-153, 154-155, e 156.

Editora Globo/Marcelo Correa: págs. 11-12.

TV Globo/Zé Paulo Cardeal: págs. 114, 115, 116, 117 e 118-119.

TV Globo/Alex Carvalho: pág. 103.

TV Globo/Reanto Rocha Miranda: págs. 97, 102 e 103.

TV Globo/Thiago Prado Neri: págs. 98-99 e 100.

TV Globo/Márcio de Souza: págs. 101, 102 e 103.

Beatriz Lefèvre: págs. 89 e 90

Maria Cristina Fernandes da Silva: págs. 56-57.

Editoria de moda para Vogue RG - Edição: novembro de 2010
Direção Criativa: MINT
Fotos: Jorge Figueiredo
Styling: Luis Fiod
Beleza: Erica Monteiro
Produção Executiva: Zeca Ziembik
Tratamento de imagens: Fujocka Photodesign
Págs. 112-113.

CreativeBooks

Copyright © 2010 by Omnia Vincit Editora Ltda. para a presente edição

Editora: Maria Cristina Fernandes da Silva
Assessoria e consultoria editorial: Clene Salles
Preparação e revisão de texto: Eliana Rocha
Projeto gráfico de miolo e paginação: A2
Capa: Arthur Doria e Danuza Barreira
Produção Grafica: Valquiria Rodrigues
Foto de capa: Caio Paifer

Todos os direitos reservados. Nenhuma parte desta edição pode ser utilizada, transmitida ou reproduzida – por qualquer meio ou forma, seja mecânico ou eletrônico, fotocópia, gravação etc. – nem apropriada ou estocada em sistema de banco de dados, sem a autorização expressa e por escrito da editora.

CREATIVE BOOKS
Rua Alexandre Moura, 51
Niterói - Rio de Janeiro
24210-200

www.editoracreativebooks.com.br

DADOS INTERNACIONAIS PARA CATALOGAÇÃO NA PUBLICAÇÃO (CIP)

F 583d
    Fiuk, 1990-
    O diário do Fiuk. – Niterói, RJ : Creative Books, 2010.
    ...p. : il. col. ; ...cm.

    ISBN 978-85-63707-03-1

    1. Fiuk, 1990- . 3. Cantores – Brasil- Biografia. I. Título.

CDD- 927.845

Impressão e acabamento: Prol Editora Gráfica

COLE, DESENHE, RABISQUE

Espaço para você colar fotos e recortes, anotar pensamentos e desejos...

(sua foto)